Pasión y escándalo
EMILIE ROSE

Editado por HARLEQUIN IBÉRICA, S.A.
Núñez de Balboa, 56
28001 Madrid

I.S.B.N.: 978-84-687-3613-6
Depósito legal: M-21574-2013
Editor responsable: Luis Pugni
Fotomecánica: M.T. Color & Diseño, S.L. Las Rozas (Madrid)
Impresión en Black print CPI (Barcelona)
Fecha impresion para Argentina: 21.4.14
Distribuidor exclusivo para España: LOGISTA
Distribuidor para México: CODIPLYRSA
Distribuidores para Argentina: interior, BERTRAN, S.A.C. Vélez
Sársfield, 1950. Cap. Fed./ Buenos Aires y Gran Buenos Aires,
VACCARO SÁNCHEZ y Cía, S.A.

Capítulo Uno

«Deshazte de los esqueletos de tu armario antes de que tu abuelo declare su candidatura a la presidencia, o la prensa lo hará por ti».

Phoebe Lancaster Drew alisó con las húmedas palmas de sus manos su traje azul marino y avanzó por la acera con las palabras del director de la campaña de su abuelo resonando en su cabeza.

En realidad resultaba bastante patético que el único esqueleto que guardara en el armario fueran algunas fotos privadas tomadas doce años atrás. Excluyendo aquellos estimulantes nueve meses, se había comportado como una auténtica belleza sureña durante toda su vida y había dedicado su tiempo a su familia, a causas dignas y, en los últimos tiempos, a su carrera. Pero aquellos meses...

Su corazón latió más rápido mientras contemplaba la elegante casa de ladrillo. ¿Le habrían dado bien las señas en la asociación de alumnos? Un hombre soltero no tenía necesidad de elegir una casa con un jardín tan grande en aquel tranquilo barrio... a menos que se hubiera casado y hubiera tenido hijos. Respiró profundamente y pulsó el timbre.

Hijos. En otra época, Carter Jones y ella planearon tener una familia.

3

Si Carter había encontrado una mujer con la que tener la familia que deseaba, se alegraría por él. Pero el cosquilleo que recorrió la espalda de Phoebe contradijo sus pensamientos.

Al ver que nadie acudía a abrir, volvió a llamar. No tenía mucho tiempo para llevar a cabo su tarea, y presentarse allí sin avisar previamente un sábado por la tarde a finales de mayo era arriesgado, pero no se había atrevido a llamar por teléfono ni a correr el riesgo de que las fotos se perdieran en el correo.

Su abuelo planeaba anunciar su candidatura en unas semanas, lo que haría que la prensa se dedicara de inmediato a perseguir e investigar a todos los relacionados con el senador de Carolina del Norte. Phoebe sería uno de los blancos principales porque había sido la ayudante de su abuelo desde la muerte de su abuela, y se suponía que seguiría ocupando ese puesto si su abuelo llegaba a la Casa Blanca. También era la encargada de escribirle los discursos.

El sonido de un chapoteo llamó su atención. ¿Habría una piscina en la parte trasera de la casa? Mientras rodeaba esta vio un Mustang descapotable negro en el garaje. ¿Carter conduciendo un coche tan poderoso? La imagen no encajaba con el genio de los ordenadores larguirucho y desgarbado del que estuvo perdidamente enamorada durante el primer semestre de universidad.

Él, hijo de un militar, y ella, nieta de un senador, habían formado una pareja insólita… como sus padres. Y, como en el caso de estos, tampoco hubo un final feliz para Phoebe y Carter. Los padres de Phoebe renunciaron a todo, incluyéndola a ella, por amor, y murieron el uno en brazos del otro mientras perseguían su sueño.

Una larga piscina ocupaba parte del jardín trasero de la casa. Un solo nadador avanzaba por el agua con ágiles brazadas. El estómago de Phoebe se encogió. ¿Sería Carter?

Cruzó el patio con piernas temblorosas para esperar en el borde de la piscina. Mientras se acercaba, Phoebe se fijó en los poderosos músculos del hombre y en el tatuaje de alambrada negro que rodeaba uno de sus antebrazos. Su estómago se relajó. El hombre misterioso no podía ser Carter, pero tal vez sabría indicarle dónde se encontraba.

Se arrodilló junto a la piscina para llamar su atención, pero antes de que pudiera hacerlo el nadador surgió a su lado en una cascada de agua y la tomó por el tobillo con la mano. Sorprendida, Phoebe gritó, perdió el equilibrio y acabó sentada en el suelo sobre su trasero.

Los ojos azules que la contemplaron le resultaron inmediatamente familiares. Pero aquellos anchos hombros, aquellos bíceps, aquel tatuaje... Se quedó boquiabierta. ¡Aquel no podía ser Carter Jones!

–¿Carter? –susurró.

–¿Phoebe? –dijo él, tan sorprendido como ella.

Phoebe tragó con esfuerzo. ¿Qué había pasado con el Carter que había conocido? Se había convertido en un... cachas.

–¿Por qué me has sorprendido así? –preguntó mientras se levantaba con toda la dignidad que pudo.

–Pensaba que eras una de mis vecinas. Son conocidas por las pésimas bromas que gastan.

Mientras Carter salía de la piscina en un revuelo de agua, Phoebe dio un paso atrás y miró con expresión incrédula al Adonis que tenía ante sí. No había olvidado la impresionante altura de Carter, pero era mucho más ancho que el joven desgarbado que en otra época tuvo entre sus brazos. Además de estar mucho más fuerte tenía más pelo en el pecho, un pelo que se estrechaba poco a poco hasta convertirse en una línea que se perdía en la cintura de su bañador. Sus piernas también parecían más desarrolladas y una serie de cicatrices rosadas adornaban su rodilla izquierda, pero, aparte de eso, parecía la perfección personificada envuelta en una piel húmeda y dorada.

–Yo… yo… –a pesar de su habilidad con las palabras, Phoebe no fue capaz de decir nada más.

–Si sigues mirándome así, va a darme complejo recordar lo esquelético que estaba antes.

–Des-desde luego, has desarrollado toda una… musculatura.

–Eso es lo que sucede cuando entras en los marines.

–¿Los marines? ¿Eres un marine? –Phoebe no ocultó su asombro. Hijo de militar, Carter siempre había asegurado odiar la vida que llevaba su padre, viajando siempre de un destino a otro.

La expresión de Carter se ensombreció.

–Ya no. ¿Qué puedo hacer por ti, señorita Drew?

–Lancaster Drew –corrigió Phoebe automáticamente.

–Cierto. No olvidemos tus lazos con el venerado senador Lancaster –la amargura del tono de Carter no podría haber sido más evidente.

–Yo… no… –Phoebe vio una toalla en una silla cercana, la tomó y se la alcanzó. Con toda aquella maravillosa piel expuesta ante ella apenas podía pensar.

Carter la aceptó, pero se limitó a usarla para secarse un poco el pelo y luego se la puso en torno al cuello.

Phoebe se fijó en sus manos y notó que no llevaba anillo, pero eso no significaba nada, ya que algunos hombres no lo llevaban a pesar de estar casados. Además, no estaba allí precisamente para reavivar su romance.

–Quería hablar contigo del pasado. Específicamente de nuestro pasado y de nuestras… fotos.

–¿Qué fotos?

Phoebe notó que sus mejillas se acaloraban.

–Ya sabes a qué fotos me refiero –dijo, incómoda, mientras notaba que su falda se había humedecido en el trasero a causa de la caída–. A las íntimas –añadió en un susurro.

Los ojos de Carter sonrieron y sus labios se curvaron levemente. Miró atentamente a Phoebe y esta se encogió. Ella no había mejorado con los años como él. De hecho, casi todos los cinco kilos que había engordado desde la universidad se le habían acumulado por debajo de la cintura.

—Ah, esas fotos.

—¿Aún las tienes?

—¿Por qué? —Carter se cruzó de brazos y sus fuertes pectorales parecieron señalar en dirección a Phoebe. El recuerdo de la sensación de los endurecidos pezones que los adornaban contra su lengua le produjo un acaloramiento instantáneo.

No había duda de que aquel hombre tenía un cuerpo por el que merecería la pena morir, pero el tatuaje de su brazo atraía su atención como la visión de un helado habría atraído a un niño.

—Eso debió doler —dijo a la vez que lo señalaba

—Si dolió, estaba demasiado borracho para fijarme.

Phoebe captó un nuevo destello de amargura en la expresión de Carter. En la época en que salían juntos no bebía, pero entonces ella ni siquiera tenía la edad legal para hacerlo. Iba a cumplir dieciocho y él tenía veintiuno.

—¿Conservas las fotos?

—Tal vez. ¿Por qué?

¿Qué había pasado con el viejo Carter? ¿Qué había pasado con su amigo, con su amante, con la única persona con la que solía hablar horas y horas? Todo en él parecía más duro: su cuerpo, su voz y sus ojos.

—Me gustaría recuperarlas…

—¿Me has echado de menos? —Carter volvió a sonreír.

–... junto con los negativos –continuó Phoebe, sintiendo que su corazón iba a explotar si Carter no dejaba de mirarla así. Aquella mirada solía sugerir que en unos segundos uno de los dos, o ambos, estarían desnudos, y luego...

Abochornada, Phoebe sintió una reveladora calidez entre los muslos. Apenas podía respirar, y al tratar de achacarlo al calor y la humedad de Carolina, estuvo a punto de reír en alto.

–¿Planeas enseñarlas por ahí y contarle a todo el mundo la época en que bajaste a los barrios bajos?

–Aquello no fue bajar a los barrios bajos, Carter. Mi abuelo está a punto de anunciar su candidatura a la presidencia. Si cayeran en determinadas manos, esas fotos podrían poner en peligro su campaña.

–De manera que se trata de nuevo de la carrera de tu abuelo –dijo Carter, cuyo tono reveló claramente su enfado.

Carter nunca había entendido cuánto debía Phoebe a sus abuelos por haberse ocupado de ella después de que sus padres la abandonaran, algo que quedó claro cuando doce años antes le hizo elegir entre él o su abuelo.

–Y también de la mía. Soy su redactora de discursos. Me gustaría destruir esas fotos. Éramos jóvenes e impetuosos...

–No –Carter pasó junto a ella y se encaminó hacia la casa.

–¿Qué quieres decir con «no»? –preguntó Phoebe

mientras se volvía y lo miraba sin poder evitar admirar su magnífica espalda.

—Que no voy a darte las fotos —dijo él sin detenerse.

Phoebe lo siguió.

—Seguro que a tu mujer no le hace gracia que tengas fotos de otra mujer en la casa.

Carter se detuvo y se volvió tan bruscamente que Phoebe chocó contra él. Sus palmas aterrizaron sobre la piel desnuda de su pecho y el la tomó por las muñecas, reteniéndolas contra sus pezones.

—No estoy casado —dijo en el tono ligeramente ronco que solía hacer que Phoebe se derritiera—. ¿Y tú?

—No —Phoebe tiró débilmente de sus manos y él la soltó—. ¿Vives solo en esta casa tan grande?

—Sí.

—Es preciosa.

—Por dentro es aún mejor.

La invitación sugerida alarmó al instante a Phoebe. Miró su reloj.

—Ando un poco mal de tiempo. Me iré en cuanto me des las fotos y los negativos. Te espero aquí.

—Ven dentro y lo discutiremos.

Phoebe quiso aullar de frustración, pero ella nunca habría hecho algo así. La nieta del senador jamás sería tan burda como para mostrar públicamente su desagrado. «Jamás permitas que te vean sudar», le había advertido su abuelo en más de una ocasión.

–Prefiero que no reavivemos nuestros recuerdos. No serviría de nada. Así que, ¿tienes o no tienes las fotos?

–Sí –Carter subió las escaleras del porche y mantuvo la puerta abierta.

Phoebe sabía que podía rechazar la invitación, pero corría el riesgo de no volver a ver las fotos. Pero debía recuperar y destruir la evidencia de su vergonzoso pasado. Subió las escaleras con la barbilla ligeramente alzada y pasó a una soleada cocina comedor mientras notaba la mirada de Carter fija en su espalda.

–He hecho que te mojaras. Lo siento. ¿Quieres que meta tu falda en la secadora?

Phoebe se volvió a mirarlo. ¿Estaba hablando con doble sentido? ¿Y de verdad esperaría que le diera la falda?

–No. Es seda. Hay que secarla dejándola colgada.

–Puedo dejarte unos pantalones cortos mientras ponemos tu falda a secar en la terraza.

–No, gracias.

–Siéntate –Carter señaló la mesa de la cocina–. Un trasero mojado no estropeará las sillas. Enseguida vuelvo.

Phoebe se sentó con el pulso acelerado, apartó la mirada de la puerta por la que había desaparecido Carter y tuvo que contenerse para no abanicarse el rostro. No esperaba encontrarlo tan atractivo. Carter fue su primer amante, pero obviamente no había estado enamorado de ella, o de lo con-

11

trario no le habría roto el corazón como lo hizo. Ya se había engañado a sí misma en una ocasión y no tenía intención de repetir el doloroso error de confundir el deseo con el amor.

De todas las personas que Carter Jones habría esperado encontrar junto a su piscina la última era Phoebe Lancaster Drew.

Se quitó el bañador y maldijo en voz baja cuando el brusco movimiento le produjo una intensa punzada de dolor en el muslo. Habían pasado tres años y medio desde el accidente que había terminado con su carrera militar, y ya solo sentía dolor cuando hacía alguna estupidez. Había pensado que la sombra que había visto junto a la piscina era la de uno de sus vecinos, o de alguno de sus excolegas marines, aunque las visitas por lástima se habían ido espaciando más y más desde que su nueva empresa había despegado. Afortunadamente.

Se puso unos pantalones cortos y una camiseta. No hacía falta que se vistiera para impresionar a la nieta del senador. Hacía años que ella lo había desestimado como su oscuro secreto. Era bueno para la cama, pero no para casarse.

¿Qué había pasado con la chica de la que se había enamorado? ¿Habría existido realmente aparte de en su imaginación? Probablemente no.

El conservador traje de Phoebe y su pelo rubio recogido en un moño le recordaron el día que la sorprendió en casa de su abuelo en Washington, el día que a él se le cayeron las anteojeras y su mundo se desmoronó. El día que descubrió que Phoebe no lo amaba.

Sus padres habían acudido para asistir a su graduación en la universidad y quiso que conocieran a su futura esposa. Pero Phoebe no se alegró precisamente de encontrarlo en la puerta de casa de su abuelo. Se comportó como si estuviera deseando librarse de él lo antes posible. Cuando lo presentó a su abuelo dijo que era un compañero de clase, no su novio, ni su prometido. Su negativa a acompañarlo a conocer a sus padres fue la gota que colmó el vaso. Era evidente que no había un futuro para ellos. Carter comprendió que no había sido más que un juguete para Phoebe Lancaster Drew.

Y de pronto Phoebe aparecía con intención de borrar lo que hubo entre ellos doce años atrás. Carter trató de controlar su enfado. Aquellas fotos eran la prueba de que la bella nieta del senador había hecho cosas sucias con el hijo mestizo de un militar.

Entró descalzo en la cocina, sirvió te frío en dos vasos y ofreció uno a Phoebe antes de sentarse frente a ella. Seguía siendo una belleza morena de ojos color verde avellana, pero el ardor y la excitación habían desaparecido de ellos y el rictus de sus labios era de evidente tensión.

–¿Eres feliz haciendo de ayudante de tu abuelo?

–¿Por qué no iba a serlo? –preguntó Phoebe a la defensiva.

–Solías querer trabajar en un museo o enseñando en la universidad.

–Ya tendré tiempo para eso más adelante –Phoebe jugueteó con su vaso en lugar de mirar a Carter.

–¿Y la familia que en otra época deseabas tener? Tienes treinta años. Si tu abuelo es reelegido y cumple un segundo mandato, tendrás cuarenta años para cuando se retire, un poco tarde para empezar, ¿no te parece?

Una sonrisa típicamente política que no alcanzó sus ojos curvó los labios de Phoebe.

–He decidido centrarme en mi carrera, y mi abuelo tendrá setenta cuando sea investido. Está deseando romper el record de Reagan, que accedió a la presidencia con sesenta y nueve.

–Lleva en la política más de treinta años. Debería retirarse.

Phoebe tomó un sorbo de su té.

–¿A qué te dedicas ahora, Carter?

Carter asintió lentamente ante el brusco cambio de tema.

–A la informática. ¿A qué si no?

Se conocieron cuando a él le tocó ser el tutor de Phoebe en la asignatura de Informática.

–¿Y qué haces exactamente en el terreno de la informática?

–Soy investigador informático.

–¿Investigas crímenes informáticos?

–Exacto.

–Seguro que se te da bien.

–Soy dueño de mi propia empresa, pero la informática no es lo único que se me da bien –Carter sonrió insinuantemente y vio con placer que Phoebe se ruborizaba. Dejó su vaso en la mesa y enlazó los dedos sobre su abdomen–. ¿Por qué debería darte las fotos, Phoebe?

Pronunciar su nombre le hizo pensar en noches ardientes y sábanas revueltas, en relaciones rápidas en el coche o en cualquier sitio donde no fueran a molestarlos. Le irritó que su pulso se acelerara.

–Necesito asegurarme de que no caigan en manos de la prensa.

–¿Crees que sería capaz de vendérselas al mejor postor? –preguntó Carter, que tuvo que esforzarse para que no se notara su enfado.

–Supongo que no, pero podrían caer en manos de alguien más y…

–Eso no sucederá. Tengo las fotos guardadas bajo llave. Así han estado desde que nos despedimos. Si no las vendí entonces, cuando estaba realmente enfadado contigo, no es probable que vaya a hacerlo ahora.

Phoebe se humedeció los labios y Carter sintió un incendio tras la cremallera de su bragueta. En otra época Phoebe tenía una boca especialmente talentosa. Había perfeccionado su técnica con él y le había permitido el placer de devolverle el favor.

–Dame las fotos, por favor.

Carter simuló recapacitar, pero no pensaba entregarle las fotos así como así. No las había visto desde que se había trasladado a aquella casa hacía ya tres años, pero representaban la primera vez en su vida que no se había sentido como un fracaso. Durante una época, Phoebe le hizo sentirse como un rey.

De pronto tuvo una idea. Doce años atrás, cuando Phoebe y él perdieron juntos la virginidad él era un joven inexperto. Pero aquello había cambiado. Y la señorita Phoebe merecía aprender lo que se sentía al ser utilizado y luego arrojado a un lado de cualquier manera.

La venganza podía ser dulce… además de sexualmente satisfactoria.

—Te propongo un trato.

Phoebe entrecerró los ojos con suspicacia.

—¿Qué clase de trato?

—Sal conmigo y te daré las fotos. Digamos que una por cita. Hay unas doce fotos.

Phoebe rio sin el más mínimo humor.

—Estás bromeando, por supuesto.

Carter se limitó a mirarla sin decir nada.

—¿Por qué? —preguntó finalmente Phoebe, obviamente incómoda.

Él se encogió de hombros.

—Porque sí.

Phoebe puso los ojos en blanco.

—Qué razonamiento tan infantil.

—Si no hay citas no hay fotos ni negociación.

—Eso es chantaje.

—Demándame si quieres. Pero en ese caso las fotos tendrán que ser presentadas como prueba —Carter se inclinó hacia delante y cubrió las muñecas de Phoebe con sus manos–. ¿Recuerdas cuánto solíamos divertirnos, Phoebe?

Ella retiró las manos, pero a Carter no se le pasó por alto la agitación de su respiración.

Phoebe alzó la barbilla.

–No pienso acostarme contigo.

Una sonrisa de anticipación curvó los labios de Carter. Había aprendido mucho sobre las mujeres en los últimos diez años, sobre todo a reconocer cuándo lo encontraban atractivo. Y no había duda de que Phoebe le había echado un buen vistazo.

–No te he pedido que te acuestes conmigo, pero agradezco que aclares las cosas de antemano para no alentar mis esperanzas… ni otras cosas.

Phoebe volvió a ruborizarse a la vez que se movía inquieta en el asiento.

–Una cita por foto. Yo elijo la foto.

–No. Yo establezco las citas y yo elijo las fotos.

La mandíbula de Phoebe se tensó visiblemente.

–Quiero verlas.

Carter sonrió de oreja a oreja. La jugada le había salido bien.

–¿En serio? ¿Ahora?

–Quiero asegurarme de que aún las tienes.

Carter se levantó y señaló una puerta.

–Están en mi dormitorio.

Phoebe permaneció sentada.

–¿Es esa tu versión de «ven a ver mis grabados»?

Carter volvió a sonreír.

–No tengo grabados. Tengo momentos Kodak.

Phoebe parecía a punto de estallar.

—¿Quién más las ha visto?

Carter frunció el ceño.

—No soy de los que dan el beso de Judas.

Phoebe unió las manos con remilgo sobre su regazo.

—Ve a por las fotos, Carter. Te espero aquí.

Carter no la llamó cobarde, pero su mirada lo hizo por él. Y Phoebe captó el mensaje.

—Estás en tu casa. Enseguida vuelvo.

Carter miró su reloj mientras iba hacia su dormitorio. Operación Seducción en marcha a las cinco.

El juego había empezado.

Capítulo Dos

Phoebe apoyó la cabeza en sus manos. Tenía que haberse vuelto loca para aceptar las ridículas condiciones de Carter. Pero necesitaba las fotos y los negativos.

Su abuelo siempre decía que si no podías hacer cambiar de opinión a un contrincante debías agotarlo. De manera que debía adaptarse al infantil juego de Carter. Afortunadamente, su abuelo iba a pasar un mes en su refugio de Bald Head Island para preparar las campaña. Ella se había quedado para investigar a sus posibles oponentes. Con un poco de suerte podría recuperar las fotos sin tener que dar explicaciones de sus andanzas.

En cuanto al abundante y evidente atractivo sexual de Carter, no había llegado a los treinta sin aprender a controlar sus necesidades sexuales. Resistirse a él no sería fácil, pero estaba dentro de sus posibilidades.

Miró a su alrededor en busca de algún indicio que le revelara en qué clase de hombre se había convertido Carter. Al margen de la calidad de todo lo que podía ver, la falta de elementos decorativos parecía indicar que no había una mujer viviendo con él, pero imposible imaginar a un hom-

19

bre tan atractivo solo. De manera que, ¿quién sería la mujer que había en su vida? ¿O tendría más de una?

Pero eso daba igual. Estaba allí por un asunto de negocios, nada más. Debía descubrir el motivo que había tras el plan de Carter. ¿Qué quería a cambio de las fotos? Ni por un momento se le ocurrió pensar que todo lo que quería era el placer de su compañía.

Carter apareció con las fotos un momento después. La mirada de Phoebe voló inconscientemente hasta su poderoso brazo y el tatuaje que lo rodeaba. No podía creer que aquello la excitara, pero así era. ¿Tendría más? ¿Dónde? Su pulso se aceleró.

«Tu curiosidad solo te traerá problemas, Phoebe Lancaster Drew», solía decirle su abuela... y casi siempre tenía razón. Además, Phoebe acababa de ver a Carter en bañador. Si tenía algún tatuaje debajo de este, no iba a verlo.

Y no quería ver las fotos. No quería recordar hasta qué punto había confiado en Carter doce años atrás, ni lo poco importante que había sido para él, pero podía estar tirándose un farol. Extendió la mano y él le entregó las fotos. Phoebe apartó la mirada y se encontró observando el evidente abultamiento que había a un lado de la bragueta de los vaqueros cortos de Carter. Tragó con esfuerzo. Era evidente el efecto que le había producido contemplar las fotos. Pero ella iba a tener más control sobre sus instintos, se dijo mientras cuadraba los hombros.

Su mano tembló ligeramente mientras contemplaba la primera foto. Sin duda, aquella debía ser la más inocente de las que Carter había tomado con el automático de su vieja cámara. En la foto, Carter aparecía de espaldas, totalmente desnudo. Ella estaba frente a él y lo único que se veía eran sus brazos y manos, que tenía apoyadas sobre los glúteos de Carter. Aquellas manos podrían haber pertenecido a cualquiera, excepto por el anillo familiar que llevaba en su mano derecha, el mismo anillo que llevaba puesto cada día de su vida.

Sintió cómo se acaloraba al recordar la poderosa erección de Carter contra su estómago, el roce de sus pezones contra su pecho, el modo en que le estaba acariciando el trasero. Unos instantes después de que se disparara la cámara, Carter la penetró profundamente y le hizo el amor hasta que acabaron en el suelo, exhaustos.

Había amado a Carter locamente y aquella foto hizo que el recuerdo de sus sentimientos regresara con una fuerza inusitada… y también el profundo dolor que le produjo su abandono. Carter no la había amado lo suficiente.

Ella siempre perdía a aquellos a los que amaba. Fue abandonada por sus padres cuando tenía siete años. Seis años después murieron en un levantamiento rebelde en algún país olvidado de la mano de Dios. El anillo que llevaba era el único recuerdo que tenía de su madre. Su abuela, que acabó siendo la sustituta de su madre, murió inesperadamente cuatro meses después de que Phoebe empezara sus estudios en la universidad, y cinco meses después perdió a Carter.

La única familia que le quedaba era su abuelo y, al parecer, la aprobación de este dependía de que se mantuviera a su lado durante su apuesta por la presidencia. Solo el cielo sabía lo que sucedería si aquellas fotos salían a la luz pública y perjudicaban su campaña. ¿La abandonaría también, o la quería lo suficiente como para perdonarla por su impetuoso primer amor? Pero aquel era un riesgo que no estaba dispuesta a correr.

–Te las compro. ¿Cuánto quieres por ellas?

–Las fotos no están en venta.

La dura expresión de Carter bastó para convencer a Phoebe de que no tenía sentido insistir.

Incapaz de mirar las demás fotos, se las devolvió.

–En ese caso, quiero los negativos como muestra de buena fe.

–No hasta la última cita.

–En ese caso, dame tu palabra de que no vas a enseñar las fotos a nadie más.

–La tienes.

–¿Cuándo empezamos?

–Mañana. ¿Dónde estás viviendo?

–En Raleigh, en la casa de mi abuelo.

–Pasaré a recogerte a las seis.

–No –replicó Phoebe precipitadamente–. Eso no será necesario. Yo vendré aquí.

La mandíbula de Carter se tensó.

–¿Aún te preocupa lo que pueda decir tu abuelo

si tu antiguo compañero de clase se presenta en tu puerta?

Carter recordaba muy bien lo incómoda que se mostró Phoebe cuando lo presentó a su abuelo, aunque él no esperó el tiempo suficiente para que ella le explicara por qué se había mostrado tan cautelosa.

—Mi abuelo no está en la ciudad.

—Normalmente recojo a mis citas en su casa y luego las acompaño de vuelta… a menos que vayan a pasar la noche conmigo.

—Ya que ese no va a ser el caso, seré yo la que pase por aquí. Luego podrás acompañarme hasta la puerta de mi coche.

La boca de Carter se tensó y parecía a punto de protestar, pero asintió secamente.

—De acuerdo. Quedamos a las seis.

Los latidos del corazón de Phoebe se apaciguaron un poco. Había ganado una batalla, pero no la guerra, desde luego. ¿En qué lío te estás metiendo, Phoebe Lancaster Drew?

Carter esperaba que Phoebe se echara atrás, pero en lugar de ello se presentó media hora antes.

Dejó las pesas en el suelo y se secó el sudor de la frente mientras la veía avanzar por el sendero que llevaba a la puerta. Había pasado un mal día… sobre todo porque no había logrado apartar de su mente la cita de aquella tarde. Jes, su secretaria, había amenazado con dejarlo plantado si no dejaba de ladrar órdenes, sobre todo teniendo en cuenta que estaban trabajando un domingo. Finalmente, Carter decidió irse de la oficina para liberar su frustración haciendo ejercicio.

Bajó a abrir antes de que ella tuviera tiempo de llamar al timbre.

Phoebe alzó las cejas al verlo en chándal y sudoroso. Ladeó la cabeza.

—¿Voy demasiado elegante para nuestra cita? —preguntó con ironía.

Carter observó su entallado traje azul marino, muy parecido al que llevaba el día anterior, pero no dijo nada al respecto.

—Llegas pronto. Yo aún tengo que prepararme.

—He salido con tiempo de sobra por si había tráfico, pero no lo había. Además, cuanto antes empecemos antes podré irme a casa.

Carter ocultó su irritación secando el sudor de su frente con la toalla que llevaba al cuello. Se apartó para dejarla pasar.

—¿Quieres echar un vistazo a la casa mientras me ducho y me visto, o prefieres esperar a que te la enseñe yo?

—Ninguna de las dos cosas, gracias.

Phoebe insultaba tan educadamente que Carter se limitó a asentir con la cabeza.

—En ese caso, dame diez minutos para ducharme. Si quieres un té frío, hay hielo en la nevera.

Mientras se duchaba, Carter se preguntó por qué encontraba aún tan atractiva a Phoebe después de tanto tiempo. Probablemente porque tenía mitificada la época que pasaron juntos. ¿Y qué mejor forma de demoler ese mito que pasando un mes con ella? Luego se buscaría una chica de por allí, echaría raíces y tendrían hijos.

Raíces. Por eso se había comprado aquella casa. Había pasado casi toda su vida yendo de un lado a otro y había llegado el momento de parar.

Quería encontrar un amor como el de sus padres, la clase de amor en que ningún sacrificio era demasiado grande. Carter jamás había oído quejarse a su madre por los continuos traslados de su padre. Se limitaba a hacer el equipaje y a seguirlo como una buena esposa de militar, dispuesta a ir a donde fuera con tal de permanecer a su lado.

Quería una compañera para toda la vida, y en cuanto se demostrara que sus recuerdos de Phoebe no eran más que fantasías exageradas, buscaría una mujer que no lo mirara con suficiencia y que no se avergonzara de presentarlo a su familia. El momento era adecuado. Ya tenía la casa y, tras tres años de trabajo duro, su empresa CyberSniper pisaba terreno firme.

Y Phoebe no era esa mujer. El día anterior ni siquiera había sido capaz de mirar más allá de la primera foto. ¿Acaso le producía tanta repugnancia recordar lo que hubo entre ellos?

Tras ducharse y vestirse, bajó a la cocina.

***

Phoebe oyó que Carter se acercaba, pero fue incapaz de apartar la mirada de la foto del adorable niño moreno y de ojos azules que había en la puerta de la nevera. Carter había dicho que no estaba casado, pero eso no significaba que no tuviera una ex y un hijo en algún sitio.

–¿Es tuyo? –preguntó con esfuerzo. Por supuesto que Carter tendría hijos algún día, y no serían de ella. Hacía tiempo que había enterrado aquellos sueños.

–No. J.C., Joshua Carter, es hijo de Sawyer Riggan. ¿Recuerdas a mi compañero de dormitorio en la universidad? Se casó hace unos años. Él y su esposa Lynn son mis vecinos. J.C. tiene dos años y es mi ahijado –añadió Carter con orgullo.

–Es adorable…

Cuando Phoebe se volvió olvidó lo que iba a decir. Carter tenía un aspecto impresionante con el traje gris marengo que había elegido. La camisa blanca acentuaba el moreno de su piel y la corbata azul que se había puesto iba a juego con sus ojos.

Phoebe parpadeó para apartar la repentina niebla de atracción no deseada que se había adueñado de su mente. No estaba entre sus planes repetir los errores del pasado.

–¿Sawyer y tú comprasteis vuestras casas en la misma calle? Supongo que habéis mantenido una fuerte amistad después de la universidad.

–Sí. Y Rick Faulkner y su esposa son dueños de la tercera casa de la calle. ¿Recuerdas a Rick?

–¿El rubio alto? –Phoebe recordaba a los atractivos amigos de Carter, pero por aquel entonces solo tenía ojos para él.

Carter asintió.

–¿Te apetece beber algo? Tenemos unos minutos antes de nuestra reserva.

–No, gracias. Me gustaría llegar temprano a casa esta noche. Espero una llamada de mi abuelo.

–De acuerdo. En ese caso, vámonos. Voy a por el coche y te recojo en la entrada.

–No hace falta. Esta no es una cita real, Carter. Puedo ir al garaje contigo.

Carter asintió secamente.

–Como quieras –dijo, y señaló la puerta que llevaba al garaje.

–¿Adónde vamos? –preguntó Phoebe una vez en el coche, un elegante deportivo que le hizo pensar que la empresa de Carter debía ir muy bien.

–A un restaurante nuevo.

Carter pulsó un botón y la puerta del garaje se abrió. Al tomar la palanca de cambios rozó la rodilla de Phoebe, que la apartó de inmediato de la zona de peligro, pero no lo suficientemente rápido como para evitar el cosquilleo que recorrió su cuerpo.

«Cíñete al plan, Phoebe», se dijo. «Doce citas. Nada de escarceos. Nada de promesas rotas. Nada de corazones rotos».

–¿Cuándo y por qué decidiste alistarte en los marines? –preguntó–. Creía que odiabas esa vida de vagabundeo.

–Después de graduarme en la universidad. Por los cursos de capacitación informática.

–Y ahora lo has dejado.

–Sí –replicó Carter sin más explicaciones.

–¿Por qué no has seguido en el ejército como tu padre? Imagino que ya tendrá muchas estrellas.

Carter siguió conduciendo sin decir nada.

Phoebe suspiró.

–Tu has forzado esta cita. Lo menos que puedes hacer es conversar educadamente.

Carter la miró de reojo.

–Mi padre ha ascendido a teniente general. Eso son tres estrellas. A mi me dieron de baja después de que me estropeara la rodilla en mi última misión.

Phoebe recordó las cicatrices.

–Lo siento.

–Yo no. Ya era hora de dejar el ejército. No es lo que quería hacer.

–¿Y ahora trabajas con Sawyer? Recuerdo que solías hablar de poner una empresa en marcha juntos.

–No. Trabajo solo.

Phoebe pensó que Carter no se refería solo a su negocio.

Unos minutos después se detenían frente a un edificio de piedra estilo castillo con almenas y todo. Un mozo acudió rápidamente a abrirles la puerta y a ocuparse del coche.

–¿No era esto una residencia privada cuando estábamos en la universidad? –preguntó Phoebe mientras entraban.

–La familia tuvo problemas y vendieron la casa. El actual dueño la transformó en un restaurante con pista de baile. Quiere utilizarlo para celebrar bodas, pero puedes decirle a tu abuelo que de momento es un buen lugar para organizar fiestas privadas.

Carter parecía saber mucho sobre el lugar, pero Phoebe no tenía intención de bailar con él ni de decirle a su abuelo que había estado allí con una cita. Si lo hiciera, su abuelo le preguntaría de inmediato por su acompañante. Estaba deseando casarle... con un candidato políticamente ventajoso, por supuesto.

La anfitriona, una atractiva rubia que se dirigió a Carter por su nombre propio, los condujo hasta una mesa apartada e iluminada esencialmente por velas. Phoebe se fijó en la rosa roja que había en la mesa, frente a su silla. Tras ocupar esta alzó la flor para aspirar su aroma. Si aquella hubiera sido una cita real, se habría sentido encantada con el romanticismo del ambiente. Pero aquello no era una cita y no pensaba dejarse impresionar.

Tras examinar el menú encargaron la comida. Carter parecía totalmente cómodo en aquel ambiente, pero doce años tampoco pasaban en vano. ¿La habría llevado a aquel sofisticado restaurante para demostrarle que se sentía totalmente a sus anchas en su mundo? Si era así, ¿por qué pensaba que a ella pudiera importarle?

Como si hubiera leído su pensamiento, Carter alargó una mano y la apoyó sobre la de ella.

–Me alegra mucho volver a verte, Phoebe –su grave voz de barítono y su mirada hicieron que Phoebe se estremeciera–. ¿Por qué no vamos a bailar hasta que esté lista nuestra comida?

La idea de estar entre los brazos de Carter hizo que Phoebe se sintiera un poco aturdida, pero enseguida se le pasó. ¿Acaso creía que iba a meterse fácilmente en su cama debido a la relación que habían mantenido en el pasado? Si era así, ya podía ir olvidándose. Ya no era la jovencita inocente de aquella época. Había sido cortejada por algunos de los políticos más hábiles de la capital, varios de los cuales pensaban que la mejor forma de influir sobre su abuelo era llevándosela a la cama. En una ocasión cometió el error de comprometerse antes de darse cuenta de que no era precisamente ella el principal atractivo de la relación. La experiencia había bastado para cuestionar los motivos de cada hombre que la invitaba a salir.

¿Cómo podía considerarla Carter tan fácil, tan crédula? Ocultó su enfado tras una educada sonrisa y apartó la mano.

–No me apetece bailar, gracias. ¿Hace cuánto tiempo que estás en Chapel Hill?

Carter no pareció afectado por su rechazo.

–Tres años. ¿Y tú? ¿Dónde vives ahora?

–Divido mi tiempo entre Raleigh y D.C.

El camarero llegó con el vino y sirvió dos copas después de que Carter lo probara y asintiera.

–¿Por qué sigues trabajando con tu abuelo? –preguntó Carter cuando se fue el camarero.

–Porque me necesita.

–¿Y qué harás si falla su apuesta por la presidencia?

Buena pregunta. Antes de morir, la abuela de Phoebe le había pedido que se ocupara de su abuelo cuando ella ya no estuviera. De manera que Phoebe dejó en suspenso sus planes para ayudar a su abuelo a superar la muerte de su esposa. Pero los meses fueron pasando y acabaron convirtiéndose en años, hasta que Phoebe acabó por dejar a un lado sus planes. Había aprendido mucho con la experiencia y había conocido a gente muy importante, pero si la apuesta de su abuelo por la presidencia fallaba, no sabía qué pasaría. Lo único que sabía era que no quería trabajar para otro político.

¿Qué haría con su vida una vez que su abuelo se retirara? La pregunta le preocupaba, pero aquel no era el momento de pensar en ello.

Tomó un sorbo de su vino para aliviar la sequedad causada por el temor a lo desconocido.

–Prevemos una campaña muy exitosa. Si las cosas no salen como esperamos, ya pensaré en mis alternativas.

–El tiempo pasa volando, Phoebe. Si no tomas decisiones, acabas quedándote sin opciones que tomar.

–¿Estás sugiriendo que vivo para el momento? ¿Que tomo egoístamente lo que quiero sin preocuparme de las consecuencias?

Como hicieron sus padres.

–Sólo digo que más vale que piense bien en lo que quieres y elabores una estrategia para conseguirlo antes de que sea demasiado tarde, a no ser que quieras que sea tu abuelo quien tenga la última palabra. ¿Qué quieres, Phoebe?

Phoebe pensó que daba igual lo que quisiera. Su camino había sido establecido hacía años. Seguiría escribiendo los discursos de su abuelo y actuando de anfitriona para él como venía haciendo desde que se graduó en la universidad. Si no sentía ningún entusiasmo por el plan, la culpa era de las fotos. Una vez que desapareciera aquella dificultad volvería a sentirse estimulada ante la posibilidad de llegar a vivir en la Casa Blanca.

Sonrió como solo los políticos sabían hacerlo.

–Quiero que mi abuelo gane las elecciones. Estoy convencida de que es el mejor candidato. Deja que te explique por qué.

Carter dobló su servilleta tras terminar de comer mientras luchaba contra su frustración. Debía reconsiderar su estrategia y abordar el asunto desde otro ángulo.

Phoebe había alzado una valla de alambre de púas a su alrededor a lo largo de aquellos doce años. Había evitado cualquier comentario personal y se había mostrado inmune a sus comentarios. Seducirla no iba a ser tan fácil como había creído.

Sintió que apoyaban una mano en su hombro y al volverse vio a Sam. Se levantó para saludarlo.

–La comida estaba magnífica, como de costumbre, Sam.

–Eres demasiado amable, capitán –dijo Sam en tono sarcástico–. ¿Quién es la bonita dama que te acompaña?

–Phoebe, te presento a Sam. Solía ser el cocinero de la compañía, pero ahora es el dueño y el chef de este lugar.

–Dueño en parte –corrigió Sam–. De no ser por tus dólares, aún estaría cocinando para el ejército y viviendo en las barracas. Sin embargo, me dedico a elaborar platos exquisitos y vivo en la planta alta de este lujoso lugar.

Phoebe miró a Carter sin ocultar su sorpresa y ofreció su mano a Sam.

–Mis felicitaciones al chef.

–Gracias, señorita –Sam se volvió hacia Carter–. Cuando Suzie me ha dicho que habías hecho una reserva para dos, he decidido venir a comprobar quien había logrado hacerte romper tu ayuno.

Carter sintió que las orejas le ardían bajo la atenta mirada de Phoebe. Pero daba igual que se enterara de que apenas tenía citas. Lo primero era CyberSniper. Pero Sam le había puesto en bandeja la oportunidad de vengarse de ella por haber convertido en un sucio secreto su pasado. Sonrió expresivamente.

–Phoebe es una vieja amiga.

Sam fijó la mirada en las ruborizadas mejillas de Phoebe.

–Me alegra conocerla, señorita. Llevo toda la

semana trabajando en la receta de un nuevo postre. ¿Puedo tentaros para que lo probéis?

—Tenemos muchas prisa —replicó Phoebe antes de que pudiera hacerlo Carter—, pero gracias de todos modos.

Carter pensó en la potencia de las creaciones culinarias de Sam y sopesó las posibilidades de salvar la tarde. La curiosidad lo impulsó a utilizar cualquier medio para comprobar si los besos de Phoebe conservaban aún el poder que recordaba.

—¿Qué tal si nos lo preparas para que podamos llevárnoslo?

Sam sonrió de oreja a oreja.

—Lo que tú digas, capitán —dijo, y a continuación volvió a la cocina.

—No pienso tomar el postre contigo —espetó Phoebe en cuanto Sam se hubo alejado.

El beso que buscaba Carter parecía cada vez más lejos de su alcance, pero siempre le habían gustado los retos.

—¿Y qué te hace pensar que iba a compartirlo? Pero no sabes lo que te pierdes, Phoebe. Los postres de Sam son como sexo en una cuchara —guiñó un ojo—. Una mujer lista reconsideraría su decisión.

Capítulo Tres

–Prueba un poco, Phoebe. Te gustará.

Phoebe trató de ignorar la traidora respuesta de su cuerpo a la ronca invitación de Carter. Sabía que debería salir corriendo, pero no podía. Estaban en el sendero de entrada a casa de Carter y este la tenía encajada entre su amplio pecho y la puerta abierta del coche.

Cuando Carter le pasó el recipiente del postre bajo la nariz sintió que la boca se le hacía agua.

–Sam ha incluido dos cucharillas de plástico –dijo él a la vez que alzaba la cucharilla hacia los labios de Phoebe.

Ella sabía que no podía sentirse tentada por él ni por su decadente postre. Nunca se perdonaría por sucumbir al primero, y sus caderas pagarían el precio de probar el segundo. Pero al menos merecía un premio por haber resistido su poderoso encanto durante toda la tarde. Y no había sido fácil.

Abrió la boca y Carter le introdujo la cucharilla. Los sabores a chocolate puro, cereza y crema se mezclaron en su lengua. Cerró los ojos en éxtasis. Estaba delicioso. Más que delicioso.

Se lamió los labios.

–Es realmente increíble.

Carter dejó el recipiente sobre le coche y se inclinó hacia ella hasta que sus rostros casi se tocaron.

–Casi tan increíble como el sexo –murmuró–. ¿Quieres pasar y que lo compartamos?

Phoebe ignoró los fuertes latidos de su corazón y apoyó las manos contra el pecho de Carter para frenar su avance.

–¿Quieres dejar de una vez de comportarte como un casanova?

–¿Acaso crees que me estoy insinuando?

–Desde luego. Lo que no entiendo es por qué.

Carter se apartó un poco y metió las manos en los bolsillos.

–Siento curiosidad. ¿Tú no?

–¿Sobre qué?

–Me gustaría saber si nos lo pasaríamos tan bien como antes. ¿No sientes tú la misma curiosidad?

Phoebe debía reconocer que ella también se había hecho la misma pregunta, pero no tenía ninguna intención de satisfacer su curiosidad. La última vez que lo hizo, Carter le robó el corazón y luego se lo hizo añicos.

Se encogió de hombros y sonrió forzadamente.

–En realidad no. Y ahora, si no te importa, tengo que volver a casa. Que disfrutes de tu postre.

Se apartó de él y fue rápidamente hacia su coche. Tras ponerse el cinturón miró a Carter una vez más antes de meter la marcha atrás. Entonces recordó que había olvidado la foto. Bajó la ventanilla y extendió una mano.

–La foto –dijo–. Ve a por ella, por favor. Te espero aquí.

Carter avanzó hacia ella. Phoebe se movió inquieta en el asiento. Carter introdujo la mano en el bolsillo interior de su chaqueta y sacó una foto. Una vocecita gritó asustada en la mente de Phoebe. ¿Y si se le hubiera caído mientras estaban fuera? ¿Y si…?

Carter se inclinó y apoyó los brazos en la ventanilla.

–No deberías irte con tantas prisas.

–Espero una llamada –dijo Phoebe entre dientes, aunque en el tono más educado que pudo.

Carter ignoró su mano abierta e introdujo un brazo y la cabeza por la ventanilla. Phoebe se apartó todo lo que pudo mientras él dejaba la foto en el bolso que tenía en el asiento del copiloto. Su aroma la rodeó. En lugar de dejar la foto y retirarse del coche como esperaba que hiciera, Carter la tomó con delicadeza por la barbilla. Antes de que pudiera reaccionar, sus labios estaban sobre los de ella. Ardientes. Suaves. Insistentes.

Phoebe sintió que todo su cuerpo se acaloraba al instante. Quería apartarlo de su lado, pero se sentía totalmente paralizada.

La magia aún seguía allí.

Carter sorbió delicadamente sus labios mientras le acariciaba la base del cuello con el pulgar antes de deslizar la mano hacia su escote. Los pezones de Phoebe se excitaron al instante a causa de la anticipación. Las irresistibles sensaciones que estaba experimentando anularon su voluntad. Estaba a punto de abrir la boca para ceder a la insistente lengua de Carter cuando este se aparto y sacó la cabeza del coche.

–Buenas noches, Phoebe. Llámame cuando te sientas capaz de enfrentarte a otra cita.

A continuación se dio la vuelta, tomó el recipiente del postre de encima de su coche y se encaminó hacia la puerta de su casa.

Phoebe dejó escapar el aliento, frustrada. Carter había conseguido afectarla, pero no volvería a suceder. Tomó el volante con manos temblorosas y salió marcha atrás.

La próxima vez estaría preparada para sus taimadas tretas.

Con el pulso totalmente desbocado, Carter entró en su casa y se dejó caer en una silla de la cocina. Se habría sentido orgulloso de su ataque sorpresa de no ser por lo decepcionado que estaba consigo mismo.

Aún deseaba a Phoebe con la misma falta de control que cuando era un joven inexperto. Había subestimado el poder de su oponente.

Pero había algo que estaba muy claro. No se sentiría satisfecho hasta haber metido a Phoebe Lancaster Drew en su cama y haberla sacado de su organismo. Una sonrisa de anticipación curvó sus labios.

Fue a por un papel y un bolígrafo y elaboró una

lista de maneras posibles de hacer bajar la guardia de Phoebe. Luego descolgó el teléfono. Para la segunda cita iba a necesitar contar con la ayuda de sus amigos.

–Llámame cuando te sientas capaz de enfrentarte a otra cita –Phoebe imitó burlonamente el tono de Carter mientras entraba con el coche en el sendero de la casa de este.

No le había sido posible ignorar un reto como aquel, pero a pesar de todo había tardado dos días en llamarlo. Carter la había citado a las nueve de la mañana y le había dicho que llevara ropa ligera y unos tenis. La conversación había sido muy sucinta y Carter ni siquiera le había dado oportunidad de pedirle que reconsiderara la posibilidad de dar por terminado aquel juego absurdo.

Su corazón redobló sus latidos mientras avanzaba hacia la puerta. La foto que le había devuelto era la que ya había visto. ¿Cuál habría elegido para devolverle aquel día? ¿Y volvería a guardarla en el cajón de su mesilla de noche junto con la otra, o la destruiría?

Decidió que lo mejor sería destruirla. No podía arriesgarse a que su abuelo la encontrara. No quería que pensara que era como su madre… una vergüenza y una traba para sus aspiraciones políticas.

«¡Eres una egoísta que solo piensa en sí misma. Vete. Vete y no vuelvas hasta que hayas madurado!».

«¡Si madurar consiste en convertirme en un viejo pretencioso y charlatán como tú, entonces no volveré nunca!».

Phoebe trató de borrar de su memoria la última discusión entre su madre y su abuelo. A pesar de que ya habían pasado veintitrés años, aún podía escuchar sus airadas voces con tanta claridad como aquella noche desde lo alto de las escaleras.

Carter abrió la puerta en aquel momento e interrumpió los desagradables recuerdos de Phoebe. Vestía una camiseta gris y pantalones cortos. El polo y los pantalones cortos blancos de ella parecían muy formales en comparación.

–¿Adónde vamos?

–Al campus de la universidad –Carter se apartó para dejarla pasar.

–¿Para qué?

–Para montar en bici.

Phoebe pensó que era un plan bastante inocente. No creía que Carter fuera a dedicarse a seducirla mientras montaban. ¿Habría malinterpretado las intenciones de Carter o habría renunciado este a su idea de llevársela a la cama?

¿Y por qué le preocupaba que hubiera renunciado tan fácilmente?

–No tengo bicicleta.

–He pedido una prestada a mis vecinos, y te he comprado un casco.

Phoebe siguió a Carter a la cocina.

–De acuerdo. Si lo que quieres es montar en bici, adelante. ¿Pero dónde está la foto?

–¿Estás impaciente por verla? –preguntó Carter, divertido.

–No me haría ninguna gracia que se te cayera en el campus.

–No se me caerá.

–Déjala aquí.

Carter se apoyó despreocupadamente contra la encimera.

–Si lo que quieres es venir aquí cuando terminemos, solo tienes que decirlo.

La ufana sonrisa de Carter contradecía el implacable brillo de sus ojos azul zafiro.

–Haz el favor de dejarla aquí –se limitó a decir Phoebe.

Él se encogió de hombros, sacó su cartera, extrajo la foto y la dejó boca abajo sobre la encimera.

Phoebe fue a tomarla, pero él la apartó.

–Paciencia. Aún tienes que ganarte la recompensa.

Phoebe apretó los puños mientras se esforzaba por contener su genio. De pronto se dio cuenta de lo cerca que estaban. Carter solo tendría que inclinar la cabeza para besarla. Después del beso de la otra noche, casi estaba deseando que lo hiciera. La conmoción que le produjo aquel pensamiento le dio la fuerza necesaria para dar un paso atrás.

–Acabemos con esto cuanto antes –murmuró.

Carter señaló la puerta del garaje. Cuando entró en este, Phoebe se fijó en que había dos bicicletas sujetas en la parte trasera del Mustang y en que este tenía la capota bajada. Después de todo iba a tener que alegrarse de poder ponerse el casco.

Resignada a su destino, entró en el coche.

Unos minutos después se detenían en un zona de aparcamiento del campus. Carter bajó las bicis mientras Phoebe trataba de reparar los daños causados por el viento en su moño. Cuando fue a ponerse el casco tuvo dificultades.

–Suéltate el moño –dijo Carter–. Así no te encaja el casco como es debido.

Reacia, Phoebe se quitó las horquillas y se las entregó cuando él extendió la mano. Carter fue a dejarlas en el coche mientras ella trataba de peinarse un poco con las manos. Finalmente se puso el casco y trató de enganchar el cierre.

–Deja que te eche una mano –Carter se acercó a ella y ajustó la tira bajo su barbilla. Su cuerpo irradiaba calor y el roce de sus dedos hizo que un agradable cosquilleo recorriera el cuerpo de Phoebe. Avergonzada por la facilidad con que podía afectarla, cerró los ojos y trató de controlar su respiración.

–Perfecto –dijo finalmente Carter.

–¿Adónde vamos a ir?

–He pensado que te gustaría visitar algunos de tus lugares favoritos. Apenas hay gente porque solo están los estudiantes de los cursos de verano –dijo Carter mientras subía a una de las bicis, que parecía preparada para correr el Tour de Francia.

Phoebe subió con dificultades en la otra, que tenía un aspecto menos profesional. Cuanta menos gente fuera testigo de su humillación, mejor. Con un poco de suerte no toparían con ningún reportero. Afortunadamente, la prensa solía ignorarla, una circunstancia que ella había cultivado deliberadamente a base de llevar una vida tan aburrida como le era posible. Pero, quisiera o no, la campaña para las elecciones iba a convertirla en una persona interesante para la prensa.

–Adelante –murmuró.

Cuando empezó a pedalear comprobó que aquello no se parecía en nada a montar en la bici estática que tenía en casa. Pero poco a poco empezó a acostumbrarse y pudo empezar a fijarse en lo que la rodeaba. Y una de las primeras cosas que notó fue la cantidad de alumnas que se quedaban mirando a Carter. A algunas solo les faltaba babear. Pero por ella podían quedárselo. Una por vez o todas a la vez. Le daba igual.

–¿Estás lista para almorzar? –preguntó Carter al cabo de un rato por encima del hombro.

–Desde luego –Phoebe estaba deseando que acabara aquel paseo por la avenida de los recuerdos para recuperar su foto e irse a casa.

Carter detuvo su bici frente al edificio de la Unión de Estudiantes y encajó la rueda delantera en uno de los soportes destinados a ello. Phoebe hizo lo mismo. Las piernas le temblaban. Al parecer no estaba en tan buena forma como creía.

Carter aseguró las bicis con un cable y señaló una mesa vacía a la sombra.

–Ve a sentarte. Yo voy a por la comida.

Phoebe obedeció, gustosa. No pensaba dar a Carter la satisfacción de contarle que había disfrutado tanto del paseo por el campus que apenas se había fijado en su cansancio ni en las ampollas que se le debían haber formado en los talones. Sin duda pagaría por ello al día siguiente.

Una joven rubia se comió con los ojos a Carter mientras este entraba en el edificio. Cuando Phoebe se dio cuenta de que la estaba mirando con auténtica furia, apartó la mirada. Se sentía una anciana en comparación con la época en que solía acudir a comer a aquel lugar. Entonces estaba llena de esperanza, excitación y entusiasmo ante un futuro sin límites. Tenía tantas posibilidades ante sí... y sin embargo ahora apenas tenía algunas.

Su abuelo quería que entrara en política cuando él se retirara, pero ella no sentía el más mínimo deseo de hacerlo. Afortunadamente, aún tenía mucho tiempo para darle la noticia.

Entretanto, debía superar sus citas con Carter sin volver a cometer los errores del pasado.

Carter observó a Phoebe a través de los cristales mientras hacía la cola para pedir la comida. Se había quitado el casco y el sol relucía en su melena suelta y oscura. Así era como solía tenerla en otra época después de hacer el amor con él...

Cuando salía con la bandeja, la expresión entristecida de Phoebe le hizo ralentizar el paso. Había esperado que disfrutara de aquel paseo y que recordara la cantidad de veces que habían salido casi corriendo de allí para ir al dormitorio a hacer el amor.

Sintió la tentación de sacar la cámara que siempre llevaba consigo. Ya le había sacado otras fotos ese día y a Phoebe no le había gustado, pero en aquellos momentos no era consciente de su presencia. Finalmente cedió a la tentación, sacó la cámara con la mano que tenía libre, hizo la foto y siguió su camino.

–¿Va todo bien? –preguntó mientras dejaba la bandeja en la mesa.

Phoebe se sobresaltó al oírlo y enseguida cambió de expresión.

–Todo va bien.

Carter no la creyó, pero no dijo nada mientras le pasaba un vaso con te frío.

–He pedido dos perritos calientes, una hamburguesa doble y un sándwich de pollo. Tú eliges.

–Y suficientes patatas fritas para atascar las arterias de un regimiento –la burlona y genuina sonrisa de Phoebe pilló a Carter por sorpresa. Por unos instantes le había recordado a la chica que solía ser.

–¿No sueles comer comida basura cuando estás en D. C.? –preguntó mientras empezaban a comer.

–No. El abuelo sigue una dieta muy estricta –Phoebe no volvió a hablar hasta que terminaron de comer–. Háblame de Sam.

Carter dejó su vaso en la mesa y se secó los labios con una servilleta.

–¿Qué quieres saber?

–¿Cómo acabasteis haciendo negocios juntos? Resulta bastante peculiar una sociedad entre un especialista en ordenadores y un cocinero.

–Sam me salvó el pellejo cuando me rompí la rodilla. Estoy en deuda con él.

–¿Por eso financias su restaurante?

–Es lo menos que podía hacer. Además, es una buena inversión. Sam es listo y tiene muy buenas ideas para lograr que el negocio mejore.

Phoebe observó a Carter unos momentos y luego se levantó con expresión de pesar.

–Eres un buen tipo, Carter. Siempre lo fuiste. ¿Podemos irnos ya?

Carter había recibido mejores cumplidos a lo largo de su vida, pero aquel lo conmovió… y le hizo sentirse culpable por la seducción que tenía planeada. Si era un tan buen tipo, ¿por qué lo dejó?

–Desde luego –dijo.

Tras recoger los restos de la comida fue a soltar las bicicletas. Luego pedalearon hasta el coche. Phoebe rio desenfadadamente cuando se cruzaron con un par de ardillas y su expresión hizo que algo se agitara en el pecho de Carter. Aquella cita no estaba saliendo como había planeado. En lugar de ablandar a Phoebe, parecía que el que se estaba ablandando era él… excepto por lo que se refería a una parte fundamental de su cuerpo.

***

Phoebe sintió que se le humedecían las palmas de las manos. ¿Qué foto tocaría?

Siguió a Carter al interior de la casa tratando de no cojear por el roce de los tenis con sus talones.

–¿Quieres beber algo?

–No, gracias. Tengo que irme.

Carter alzó de la encimera la foto que estaba boca abajo y la miró. Phoebe extendió la mano para que se la diera. Carter se la ofreció, pero la mantuvo fuera de su alcance. Cuando, con un suspiro de frustración, Phoebe avanzó hacia él, una dolorosa punzada en su talón derecho le hizo gruñir de dolor.

–¿Qué sucede? –preguntó Carter con el ceño fruncido.

La ampolla debía haber reventado. Phoebe trasladó su peso al otro pie.

–Nada. ¿Me das la foto?

Carter bajó la mirada hacia sus pies.

–Estás sangrando.

–¿Qué? –Phoebe miró su zapatilla derecha y vio una pequeña mancha roja en el talón.

–Siéntate –ordenó Carter.

–Me ocuparé de mi pie cuando vuelva a casa. Tú dame la foto y deja que me vaya.

Sin decir nada, Carter dejó la foto en la encimera, tomó a Phoebe por la cintura y la sentó en la encimera sin darle tiempo a reaccionar. A pesar de sus protestas, le quitó el calzado con delicadeza y examinó sus talones.

–¿Por qué no me has dicho que te estaban saliendo ampollas? –preguntó, enfadado.

–Porque no pensaba que las ampollas fueran tan grandes ni que fueran a sangrar. No soy ninguna masoquista.

–No te muevas –dijo Carter en tono de advertencia, y a continuación salió de la cocina.

De inmediato, Phoebe tomó la foto de la encimera. Su corazón latió más rápido mientras le daba la vuelta. Los recuerdos volvieron a raudales mientras la miraba. En aquella foto ella aparecía montada a horcajadas en el regazo de Carter. Los brazos con los que le rodeaba el cuello bloqueaban la visión de sus pechos y su trasero cubría la entrepierna de Carter, pero no había duda de que ambos estaban desnudos y se lo estaban pasando muy bien. Como en la foto anterior, apenas estaba pasando nada cuando la cámara disparó la foto, pero, inmediatamente después, Phoebe recordaba que se irguió, descendió sobre la poderosa erección de Carter y empezó a hacerle el amor hasta que le rogó que se apiadara de él.

Sintió que su piel se acaloraba y se le humedecía la boca. Desde que había estado con Carter no había vuelto a experimentar una pasión semejante. Cerró los ojos y trató de recordar el dolor que experimentó tras su ruptura con Carter, pero tuvo más dificultad para lograrlo que en otras ocasiones. Cuando alzó la mirada vio a Carter en el umbral de la puerta, mirándola.

Phoebe guardó la foto rápidamente en un bolsillo y respiró profundamente.

Carter acercó una silla y se sentó frente a ella.

—Esto va a escocer un poco.

Phoebe apenas tuvo tiempo de reaccionar antes de que un intenso ardor en el talón le hiciera contraerse. Carter desinfectó rápidamente la ampolla explotada, le aplicó una crema y luego le puso un esparadrapo. Después se levantó y apoyó ambas manos en las rodillas de Phoebe.

—¿Por qué no has dicho nada mientras ibas en la bici? —preguntó, enfadado—. ¿En qué estabas pensando?

Su ardiente mirada se detuvo en sus labios. El corazón de Phoebe se detuvo un instante y luego se puso a galopar. Carter iba a besarla… y lo peor era que ella quería que lo hiciera. Carraspeó.

—Tengo que irme.

Carter no se movió. Siguió mirándola mientras deslizaba lentamente las manos desde las rodillas de Phoebe hasta el borde de sus pantalones cortos, donde se detuvo a explorar su piel con los dedos. Phoebe sintió que se le ponía la carne de gallina. Carter dio un paso adelante y se situó entre sus piernas.

Phoebe se humedeció los labios, echó atrás la cabeza y se perdió en las azules profundidades de sus ojos. Tragó con esfuerzo y respiró temblorosamente.

—Carter, no deberíamos… —dijo sin convicción.

—Phoebe —el ronco murmullo de la voz de Carter hizo que Phoebe se estremeciera.

Sintió su aliento en los labios un instante antes de que la besara. Carter los saboreó, los exploró con delicadeza, pero su beso se fue volviendo más y más apasionado.

«¡Empújalo. Apártalo de tu lado!», ordenó una vocecita en la cabeza de Phoebe. Ella apoyó las manos contra el pecho de Carter con intención de hacerlo, pero acabó deslizándolas hasta rodear con ellas sus poderosos brazos.

Sin dejar de besarla, Carter deslizó las manos hasta el trasero de Phoebe y la atrajo al borde de la encimera para apoyar contra ella la evidencia de su deseo. Phoebe gimió contra su boca.

Carter se estremeció y alzó las manos para acariciarle los pechos. El deseo de Phoebe se desbocó. Quería más. Quería sentir su piel pegada a la de él. Alzó las piernas para rodearlo por las caderas… y la punzada de dolor que sintió en el tobillo le hizo echar la cabeza repentinamente atrás y golpearse contra el borde de un armario.

–¡Ay!

Carter la soltó, sorprendido.

–¿Qué sucede?

–Mi talón –el calor de la pasión se transformó en el ardor de la vergüenza. Phoebe apartó de en medio a Carter con un empujón y saltó de la encimera. Ignorando el dolor de sus talones y el temblor de sus piernas, recogió sus zapatos del suelo–. Tengo que irme –dijo.

Y salió corriendo de la casa.

Capítulo Cuatro

Nada de recuerdos idealizados del pasado.

Nada de preguntarse lo que podría haber sido.

Y ni un beso más.

«Eres una oponente débil, Phoebe Lancaster Drew, y la debilidad lleva a la derrota». Al menos eso decía su abuelo.

La prioridad fundamental era fortalecer su resistencia. Hecho.

Phoebe cuadró los hombros tras aparcar el coche ante la casa de Carter. Habían pasado cuatro días desde su último encuentro y no había recibido ninguna llamada suya. Ella lo había llamado a su casa pero siempre había saltado el contestador. Se planteó olvidar por completo las fotos y el acuerdo al que había llegado con Carter, pero había demasiado en juego.

Mientras investigaba a los competidores de su abuelo había cedido a la tentación de investigar también a Carter. A través de su búsqueda en Internet averiguó que su empresa se llamaba CyberSniper y encontró un sorprendente número de artículos de prensa en los que se hablaba de la impresionante evolución de la empresa. También averiguó que había estado ocho años en los marines y que recibió un disparo en un rodilla en una escaramuza cuando trataba de salvar a una niña de cinco años. A pesar de que no tenía derecho a ello, se sintió orgullosa de él.

Tras cinco días sin tener noticias de él estaba tan tensa que apenas podía comer o dormir. Finalmente se animó a llamar a la empresa de Carter el lunes por la mañana, donde le informaron que estaba fuera de la ciudad y que volvería aquella misma tarde.

De manera que, una vez más, Phoebe se presentó aquella tarde en casa de Carter sin llamar. Su estrategia consistía en hacerle frente y renegociar su trato, o al menos acelerar el proceso.

Salió del coche y se encaminó rápidamente y con paso firme hacia la puerta. ¿Pero por qué correr como si no pudiera esperar a verlo? No era ese precisamente el caso. De manera que decidió rodear la casa como la primera vez. Acababa de girar en la esquina cuando se detuvo en seco al ver a una mujer con vaqueros inclinada sobre uno de los tiestos del porche. La mujer se irguió y se volvió al oírla. Phoebe se quedó boquiabierta al ver que se trataba de una atractiva morena que iba descalza y estaba obviamente embarazada.

De manera que sí había alguien especial en la vida de Carter, pensó a la vez que sentía que su corazón se detenía. Y estaba esperando un bebé. ¿Sería de Carter?

–Hola –saludó la mujer con una sonrisa interrogante.

Phoebe tuvo que hacer acopio de toda su auto-disciplina para controlarse.

–Buenas tardes. ¿Está Carter en casa?

–Más le vale, porque hoy le toca cocinara él. Yo soy Lily, ¿y tú eres…?

–Phoebe. Soy una conocida de Carter.

–Me alegra conocerte, Phoebe –la mujer abrió la puerta de la casa sin llamar–. Carter, tienes visita.

Sin duda, una empleada no se habría tomado tantas confianzas. Phoebe siguió a Lily al interior. Carter apareció un momento después. Vestía camiseta y pantalones cortos y sostenía una cerveza en la mano. Aunque parecía relajado, tenía ojeras y no se había afeitado. Su expresión se endureció en cuanto la vio.

–Phoebe.

Phoebe tuvo que tragar para suavizar la repentina sequedad de su boca.

–No pretendía interrumpir.

–No estás interrumpiendo nada –dijo Lily–. Quédate a comer con nosotros. Hay comida de sobra, ¿verdad, Carter?

Carter miró un momento a la escultural belleza morena y luego a Phoebe.

–Estoy seguro de que Phoebe tiene otros planes.

No podía estar más claro que no quería verla. Su dura mirada estaba ordenando a Phoebe que confirmara sus palabras, pero ella tuvo una reacción inesperada. Quería hacerle sentirse tan incó-

modo como él le había hecho sentirse a ella re-
cientemente. Si Lily estaba embarazada de él, estaría bien hacer comprender a Carter lo que podía
perder si insistía en su plan de la citas.

Se obligó a sonreír.

–Lo cierto es que esta tarde estoy completamente libre. Me encantaría quedarme a comer,
Lily. Gracias por invitarme.

–Estupendo. Voy a poner un plato más en la
mesa.

Lily desapareció y Phoebe y Carter se quedaron
a solas en el vestíbulo.

–No teníamos una cita –murmuró Carter, como
si no quisiera que Lily lo escuchara.

–Pero tenemos asuntos pendientes y no me has
llamado. Si quieres darme los negativos y el resto
de las fotos ahora mismo, recordaré de pronto
que tenía otro compromiso.

–No te he llamado porque he estado fuera y ni
tu número ni el de tu abuelo aparece en el listín
telefónico. Y no me interesa tu propuesta.

Phoebe miró un momento por encima del
hombro antes de hablar.

–¿Quieres arriesgarte a que Lily se entere de
nuestro pasado y del trato al que hemos llegado?

Carter pareció sorprendido.

–Eso no hará que cambien sus sentimientos por mí.

Phoebe no esperaba aquella reacción. ¿Acaso le
daba igual que Lily se sintiera dolida? ¿Creía que
estaba tan colada por él que lo perdonaría por en-
gañarla?

–Estás cometiendo un error, Carter.

–Correré el riesgo. ¿Cómo están tus talones?

Phoebe no pudo evitar ruborizarse ante el recuerdo de su último y bochornoso encuentro.

–Bien.

–Me alegro –Carter señaló la puerta de la cocina–. Ya que insistes, adelante.

Cuando Phoebe entró se detuvo en secó, sorprendida. En torno a la mesa había dos hombres y otra mujer que estaban mirando unas fotos. Un niño moreno al que reconoció por la foto que había visto en la nevera de Carter estaba jugando en el suelo.

–Recuerdas a Sawyer y a Rick, ¿verdad, Phoebe? Esta es Lynn, la esposa de Sawyer, y su hijo J. C. es mi ahijado. Ya has conocido a Lily, la esposa de Rick, y se ocupa de mi jardín. No puede mantener las manos alejadas de mis tiestos.

Phoebe ignoró el burlón comentario mientras la realidad le daba de lleno en el rostro. Lily era la vecina de Carter, no su amante. El muy miserable sabía exactamente lo que había pensado y no le había aclarado las cosas. Cuando miró a los demás se tensó al ver la hostil expresión de los hombres. Al principio no los había reconocido, pues habían cambiado bastante desde su época de estudiantes, pero era obvio que recordaban la relación que mantuvo con Carter y, a juzgar por sus miradas, no precisamente con cariño.

¿Qué les habría contado Carter sobre su ruptura? ¿Y les habría enseñado las fotos? La vergüenza que estaba sintiendo la impulsó a irse, pero no pensaba darle a Carter aquella satisfacción.

Lynn se acercó a ella, sonriente.

—Me alegra conocerte, Phoebe. Adelante. Estábamos admirando las últimas fotos de Carter.

Phoebe se volvió hacia él.

—¿Sigues revelando tus fotos en el cuarto oscuro?

—Tengo un equipo completo en el sótano, pero hoy en día no hace falta cuarto oscuro para las fotos digitales. ¿Te apetece una cerveza?

De manera que podía hacer más copias de sus fotos cuando quisiera. Phoebe sintió una oleada de pánico y apretó los puños.

—No, gracias.

—¿Qué te trae de vuelta por Chaper Hill, Phoebe? —preguntó Sawyer educadamente.

—Yo...

—Phoebe se siente nostálgica —contestó Carter por ella.

—Espero que a ti no te pase lo mismo —dijo Sawyer a la vez que dirigía una severa mirada a Carter.

Carter se encogió de hombros.

—Hay partes del pasado que merece la pena repetir.

—Y hay otras que no —añadió Rick.

Lily y Lynn no dejaban de mirar de un hombre a otro con curiosidad. Una curiosidad que Phoebe no tenía la más mínima intención de satisfacer.

—¿Conociste a estos tipos en la universidad? —preguntó Lily mientras ponía los platos.

–Sí –contestó Phoebe lacónicamente.

–¿Cómo?

–Carter era mi tutor de informática y… empezamos a salir.

Las otras mujeres intercambiaron una mirada que Phoebe no pudo interpretar.

–¿Y estaban tan unidos como lo están ahora?

–Sí –al menos hasta que su relación con Carter había separado al trío.

Lynn eligió una foto en la que aparecían su marido y su hijo y se la alcanzó a Carter.

–¿Puedes hacerme una ampliación de esta? Me encantaría colgarla en mi despacho, tras el escritorio.

–¿La quieres de tamaño póster, como la última?

Lynn asintió y luego se volvió hacia Phoebe.

–Carter es un fotógrafo excelente.

–Sí –Phoebe apenas pudo pronunciar el monosílabo a causa de la tensión.

–¿Has visto su álbum de fotos? Me encantan las de la época que pasaron en la universidad.

–No, no lo he visto –dijo Phoebe, directamente aterrorizada.

–Voy a por él.

Carter apoyó una mano en el hombro de Lynn para que no saliera.

–No queremos aburrir a Phoebe con el pasado –dijo.

–Adelante, Lynn –Lily hizo caso omiso de las palabras de Carter–. Veamos si encontramos alguna foto de Phoebe.

Phoebe sintió que su estómago se encogía mientras las otras mujeres se dirigían hacia el dormitorio de Carter como si tuvieran todo el derecho a hacerlo.

Carter alzó la botella en su dirección como diciendo «¿ya estás contenta?». Pero Phoebe no estaba contenta. Había querido hacer que Carter se retorciera, pero era ella la que se estaba retorciendo.

—El fuego de la barbacoa ya debe estar listo —dijo Sawyer.

Carter y sus amigos salieron de la cocina y dejaron a Phoebe a solas. Exhaló un profundo suspiro y se sentó. ¿En qué lío se había metido?

Sin poder evitarlo, se puso a echar un vistazo a las fotos que había sobre la mesa y comprobó que Carter le había hecho varias en su última cita. ¿Habría captado algo en su mirada que hubiera preferido no revelar?

Las otras dos mujeres regresaron un momento después con un grueso álbum de fotos que Lynn abrió en el centro de la mesa. La imagen del joven del que se enamoró Phoebe le sonrió desde un grupo de jóvenes que se hallaban en el laboratorio de informática.

—No hay duda de que Carter ha cambiado —dijo Lynn.

—Sí —asintió Phoebe. Carter solía ser suave, amable, bien hablado… totalmente distinto a su dogmático abuelo. Pero había cambiado, y si aún le quedaba algo de suavidad, no lo había notado.

Lily y Lynn siguieron charlando, pero Phoebe ya apenas las escuchaba. Había vuelto al pasado, a una época en que amó profundamente y fue inmensamente feliz. No necesitaba ver las fechas de las fotos para saber cuándo había entrado en la vida de Carter. La actitud de este revelaba la confianza de un hombre que había descubierto su atractivo sexual. Pero hacia el final del libro, la tristeza de su mirada también revelaba que habían roto.

Era obvio que le había hecho daño. Por algún motivo, Phoebe siempre había creído que ella era la única que había sufrido a causa de la ruptura. De lo que no había duda era de que Carter dejó la relación con aparente facilidad.

–Es extraño –dijo Lily–. No apareces en ninguna de las fotos. ¿Cuánto tiempo salisteis juntos Carter y tú?

A pesar de que Phoebe se había esforzado para borrar a Carter por completo de su pasado, le dolió comprobar que él también lo había hecho. Aunque era posible que hubiera guardado en otro sitio las fotos que tenía con ella… tal vez junto a las más íntimas.

–Sólo unos meses. Mi abuela murió en diciembre y me trasladé a otra universidad para estar más cerca del resto de mi familia.

Lynn sonrió.

–Es una lástima, pero ahora has vuelto. Carter necesita una mujer en su vida y creo que es todo un detalle que hayas venido a verlo después de todos estos años.

Phoebe no ocultó su sorpresa.

—Oh, no, creo que has malinterpretado la situación. No estoy aquí para reavivar nuestra relación.

—Entonces, ¿por qué has venido? —preguntó Lily.

Atrapada por su propia confesión, Phoebe forzó una sonrisa.

—Supongo que para recordar los viejos tiempos. ¿Para cuándo esperas tu bebé, Lily?

—¿Qué quiere? —preguntó Sawyer. Señaló con la cabeza hacia Phoebe, que estaba de espaldas a los ventanales de la cocina.

—¿Qué te hace pensar que quiere algo?

—Si no quisiera algo, ¿por qué iba a presentarse aquí después de tanto tiempo?

Carter dio la vuelta a las chuletas que estaba asando mientras sopesaba su respuesta. Nadie conocía la existencia de las fotos excepto Phoebe y él. Sawyer tenía instrucciones específicas de abrir su caja fuerte en el banco y destruir el sobre que las contenía sin abrirlo en caso de que hubiera muerto mientras estaba en los marines.

—Su abuelo se está preparando para lanzar su campaña por la presidencia. Phoebe quiere… atar algunos cabos sueltos.

Rick resopló.

—¿Y tú eres un cabo suelto? Ten cuidado, Carter. La última vez que te la jugó te alistaste en los marines. Y tuviste suerte de no morir por su culpa. Envíala de vuelta a casa y olvídala.

Sawyer, que parecía especialmente pensativo, chasqueó repentinamente los dedos.

–Un momento. Phoebe parecía a punto de desmayarse cuando nuestras esposas han mencionado tu álbum de fotos. ¿Tienes fotos suyas? ¿Fotos que ella no querría que vieran otros?

Carter siguió moviendo las chuletas como si nada. Había cosas que no podían contarse.

–El caso es que Phoebe ha vuelto y por algún motivo que se me escapa sigo encontrándola atractiva. Mi plan es pasar un tiempo con ella para sacármela de la cabeza de una vez. No es más que sexo.

Rick movió la cabeza.

–No te lleves nunca una mujer a la cama con intención de quitártela de la cabeza. No funciona. Lo único que conseguirás es que se te meta aún más bajo la piel.

–Eso no va a suceder. Phoebe ya me demostró lo que pensaba de mí cuando se negó a conocer a mis padres. Y hoy en día ya no me dejo llevar por mi libido como un adolescente.

Sawyer rio burlonamente.

–Siento decepcionarte, pero ese no es un problema exclusivo de la adolescencia. Estás jugando con fuego, Carter.

–Ya tengo elaborada una estrategia. Sé lo que hago.

–No puede tratarse a una mujer o una relación como un juego de guerra. Déjalo antes de que el asunto te estalle en la cara.

–Sé lo que hago –repitió Carter.

Sawyer movió de nuevo la cabeza.

–Famosas últimas palabras, amigo. No digas que no te lo hemos advertido.

La comida fue una auténtica tortura a varios niveles.

Phoebe se tomó un respiro mientras Carter acompañaba a sus amigos a la puerta. Lily y Lynn se habían dedicado a hacer de casamenteras mientras sus maridos habían dejado bien claro que habrían preferido que Phoebe no estuviera allí.

Mientras se ponía a llenar el friegaplatos para estar ocupada, no pudo evitar preguntarse qué habría pasado si Carter y ella hubieran seguido adelante con su plan y se hubieran casado después de graduarse. Pero Carter le hizo elegir entre él y su abuelo, y ella jamás habría podido dar la espalda a su abuelo.

Irónicamente, y debido al éxito de su negocio y a su pasado militar, su abuelo sí habría aceptado ahora a Carter como pretendiente, pero ella ya no lo quería. Le había hecho demasiado daño.

Al volverse tras cerrar el lavavajillas vio a Carter observándola desde el umbral de la puerta.

–¿Lo has pasado bien? –preguntó en tono sarcástico.

–Sí –a pesar de lo incómoda que había sido la tarde en ciertos aspectos, Phoebe no lamentaba haberse quedado. Haber estado con las otras parejas le había hecho llegar a una importante conclusión. Quería una relación. No pretendía volver a enamorarse locamente; los riesgos eran demasiado grandes. Pero quería encontrar un hombre que le gustara y al que respetara, alguien que le diera una familia y que no buscara llegar a su abuelo a través de ella.

En cuanto regresara a Washington trabajaría menos y saldría más para encontrar ese hombre. De hecho, estaba dispuesta a aceptar la siguiente invitación que le propusieran, porque no quería estar sola. Y cuando su abuelo se fuera ya no tendría a nadie.

–¿Qué quieres, Phoebe? –la pregunta de Carter hizo volver a Phoebe al presente.

–Ya sabes lo que quiero. Las fotos. Todas. Y los negativos.

–Hicimos un trato

–¿Qué sentido tiene prolongar esto?

Carter se encogió de hombros.

–¿Y qué daño puede hacer?

–No tengo tiempo para jueguecitos, y ahora que sé que puedes ampliar nuestras fotos íntimas a tamaño póster, ¿por qué iba a fiarme de ti?

–Siempre he podido ampliar las fotos –Carter avanzó hasta detenerse a escasos centímetros de Phoebe–. En otra época confiabas en mí.

–Ya no soy una ingenua. La campaña de mi abuelo y mi carrera están en juego.

–Una carrera por la que no sientes ninguna pasión.

–Yo nunca he dicho eso.

–No hace falta. No tienes planes ni metas y tus ojos ya no brillan de excitación. No tienes puesto el corazón en lo que haces.

–Eso no es asunto tuyo –replicó Phoebe, que no estaba dispuesta a reconocer la verdad que había en las palabras de Carter–. Y el trato que me has propuesto se acerca a la extorsión.

–Sólo sería extorsión si te estuviera amenazando. Pero la única amenaza aquí son los recuerdos –Carter alzó una mano y deslizó un dedo por la barbilla de Phoebe–. ¿De qué tienes miedo?

–De nada.

–Bien, porque no quiero que tengas miedo de mí… ni de esto –Carter inclinó la cabeza y la besó.

La resistencia de Phoebe se esfumó en cuanto sintió la calidez de los labios de Carter sobre los suyos. Pero aquello no podía llevarla a nada bueno. Luchó contra el impulso de rodearlo con los brazos por el cuello y apoyó las manos contra su pecho para empujarlo.

–Dame las fotos, Carter.

Él la soltó, pero no se apartó. Phoebe tuvo que hacer esfuerzos para no arrojarse entre sus brazos. Carter le hizo mucho daño cuando la dejó y, debido a que su abuelo no estaba al tanto de la relación que tenía con Carter, tuvo que simular que todo iba bien a pesar de que estaba destrozada por dentro.

La expresión de Carter se endureció.

–El miércoles salgo para Atlanta. Estaré fuera

cinco días. Ven conmigo. Cuando volvamos te daré todas las fotos y los negativos.

–Supongo que estás bromeando, ¿no?

–Tendré que controlar la labor de mi equipo durante parte del día. Mientras trabajo tendrás tiempo para ir de compras, trabajar o lo que quieras, pero las tardes y las noches me pertenecerán.

Phoebe parpadeó.

–¿Esperas que te ofrezca sexo a cambio de las fotos?

–Serán tuyas nos acostemos o no.

–¿Y si me niego?

–En ese caso, te veré la próxima semana y seguiremos con nuestro trato. Tengo muchos compromisos de aquí a fin de año, así que podríamos tardar unos tres o cuatro meses en completar nuestras citas.

El abuelo de Phoebe estaría de vuelta en tres semanas y ella necesitaba tener las fotos para entonces. De lo contrario tendría que dedicarse a dar explicaciones de sus andanzas, y sabía que su abuelo era capaz de ponerle detrás un detective privado para comprobar con quién estaba saliendo.

A no ser que robara las fotos, no tenía otra opción.

–De acuerdo. Pero quiero habitaciones separadas.

–Me parece bien.

–No pienso acostarme contigo.

–Nunca te he negado el derecho a decir que no.

–En ese caso, trato hecho.

Capítulo Cinco

El éxito de su plan residía en la simplicidad, decidió Carter. Suavizar. Seducir. *Sayonara.*

–Prometiste que tendríamos habitaciones separadas –protestó Phoebe mientras Carter abría la puerta. Este había evitado utilizar un botones en anticipación de su reacción

–Es un suite con dos dormitorios –dijo mientras entraba con el equipaje.

Había encargado una botella de Chateau Cheval Blanc que estaba sobre la mesa de la sala de estar, en un cubo de hielo.

Echó un vistazo a las habitaciones y asintió satisfecho al ver que ambas tenían camas de matrimonio. Dejó las bolsas de Phoebe en la habitación que tenía el ramo de rosas que había pedido. ¿Cuánto tiempo tardaría en meterse en su cama? No había la más mínima probabilidad de que fallara en aquella misión.

Phoebe estaría sin aliento y saciada para cuando regresaran a Atlanta... y él se habría curado definitivamente de la absurda fascinación que sentía por ella.

Al ver que Phoebe permanecía en el vestíbulo aferrada a su portátil como si fuera un salvavidas,

Carter comprendió que debía decir algo si no quería que saliera corriendo.

–Tienes tu propio baño y la puerta tiene cerradura. Aunque no la necesitarás, porque no tengo intención de entrar a no ser que me invites a hacerlo.

Mientras Phoebe asimilaba aquello, Carter fue a dejar sus cosas en el otro dormitorio. Después abrió la botella, sirvió dos vasos y le ofreció uno. Phoebe dudó un momento antes de aceptarlo.

–No solías ser tan taimado, Carter.

No, solía ser una marioneta con las cuerdas firmemente sujetas a los dedos de Phoebe.

–Esto no tiene nada de taimado. Es meramente práctico. No quiero perder el tiempo llamando cada dos por tres a tu habitación para averiguar si has vuelto o si estás lista –mientras la observaba, Carter pensó que el primer paso para lograr que se relajara Phoebe era conseguir que se quitara el severo traje de chaqueta gris que había elegido para le viaje–. ¿Has traído vaqueros y mocasines?

–¿Como ordenaste? Sí.

–Cámbiate y come algo. Salimos dentro de noventa minutos.

–¿Adónde vamos?

–Es una sorpresa.

–No me gustan las sorpresas.

–Ya lo he notado, pero te garantizo que esta te gustará.

Phoebe entró en su dormitorio y Carter suspiró, frustrado. Pero sabía que debía tener paciencia y no precipitar las cosas.

Carter dio las señas al taxista. Quería mantener el suspense el mayor tiempo posible. Cuando salían en la época de la universidad él apenas tenía dinero y solía asistir con Phoebe a todos los espectáculos gratis que podían, incluyendo los partidos de fútbol de la universidad. Aunque no estaban en plena temporada y las entradas que llevaba en el bolsillo no le habían salido precisamente gratis, el ambiente relajado sería el mismo.

–¿Dónde estamos? –preguntó Phoebe cuando bajaron del vehículo.

–¿Conoces más o menos Atlanta?

–Sólo el centro de convenciones.

Sonriente, Carter la tomó por el codo y se puso a caminar por la acera.

–No has contestado a mi pregunta, Carter.

–No lo he hecho –el número de peatones fue aumentando más y más mientras se acercaban a Tuner Field. Carter tomó a Phoebe de la mano.

–¿Vamos a un partido de los Braves?

–Sí –Carter pasó una mano por la cintura de Phoebe para que siguiera avanzando.

–¿Sabes cuánto hace que no voy a un partido? –Phoebe no dio tiempo a que Carter respondiera–. ¿Recuerdas aquel partido de vuelta al que fuimos? Hacía frío y tuvimos que acurrucarnos bajo una manta. Y tus manos estaban tan frías contra mis… –de pronto se calló y apartó la mirada.

Contra sus pechos. Carter recordaba la ocasión. El partido no fue la única diversión de la tarde.

–Creo que vamos a divertirnos –añadió Phoebe.

El brillo de excitación de su mirada atrajo a Carter como un imán. Le habría gustado besarla allí mismo hasta dejarla inconsciente. En lugar de ello, sacó su cámara digital y le hizo una foto.

Phoebe frunció el ceño.

–Me gustaría que dejaras de hacer eso.

Carter la distrajo con una pregunta.

–¿Sabes algo del equipo?

–Conocí a alguno de los jugadores en una recepción.

Phoebe había conocido a los jugadores mientras él se conformaba con tener un abono para la temporada. Un nuevo recordatorio de que la nieta del senador y el hijo del militar no se movían en los mismos círculos. Pero durante los cinco días siguientes sí lo harían, y luego dejaría que se fuera. Y se prometió que en aquella ocasión la única que lo lamentaría sería Phoebe.

Phoebe no recordaba cuándo había sido la última ocasión que había gritado tanto.

Muy relajada gracias a las limonadas con vodka que había consumido junto con un montón de comida basura, entró en la habitación como flotando, con una amplia sonrisa en el rostro y Carter pisándole los talones. El fuerte y gran Carter, que había evitado que se perdiera mientras salían entre la multitud pasándole un musculoso brazo por la cintura, que olía tan bien, tenía tan buen aspecto y había sido tan paciente con ella. A la media hora los dos estaban animando a gritos al equipo local y cantando con el resto de la multitud.

Al día siguiente, mientras Carter trabajaba, ella haría su penitencia en le gimnasio del hotel para librarse de las calorías extra que había consumido durante el partido. Pero esa noche… Al alzar la mirada y ver una sonrisa en los labios de Carter y la cámara en su mano, perdió el hilo de sus pensamientos. Se apartó discretamente de él. Más le valía no meterse en líos aquella noche.

–¿Por qué estás siempre con la cámara?

–Nunca voy a ningún sitio sin ella.

–Ya lo he notado.

–¿Quieres que encargue una cafetera?

Phoebe parpadeó.

–¿Crees que estoy bebida?

–Casi.

–Nunca bebo. Excepto vino. Y no estoy borracha. Solo estoy… relajada.

Carter sonrió.

–Se nota.

–Sólo he consumido tres bebidas en tres horas. Si tomo café ahora no lograré dormir en toda la noche.

–¿Quieres que llame a recepción para que te despierten a alguna hora? Yo no estaré aquí por la mañana para despertarte. Tengo que ir a trabajar, pero estaré de vuelta a mediodía.

–¿Adónde iremos mañana?

–Es otra sorpresa. Lo pasarás bien. Te lo prometo.

–¿Tanto como hoy? Lo he pasado maravillosamente, Carter. Gracias –un mechón de pelo cayó sobre uno de sus ojos y trató de apartarlo soplando hacia arriba.

Carter se acercó a ella y alzó una mano para colocárselo tras la oreja. Phoebe se estremeció al sentir su contacto y cerró los ojos. Un instante después sintió los labios de Carter sobre los suyos. Suave, insistentemente, incitó a sus sentidos a sublevarse a base de besos y caricias con la lengua.

Phoebe se aferró a sus poderosos bíceps mientras sus lenguas bailaban unidas. La distancia entre ellos se desvaneció y sus cuerpos parecieron fundirse.

De pronto, Carter se apartó.

–Es hora de ir a la cama.

Phoebe parpadeó. Cuando Carter la abrazaba y besaba así era difícil recordar que no quería volver a saber nada de él. Oh, sí. Le había roto corazón.

–No voy a acostarme contigo.

–Vas a acostarte sola –Carter se volvió y sacó de la nevera dos botellas de agua que puso en manos de Phoebe–. Bebe esto antes de dormirte, o mañana te sentirás mal. Buenas noches.

A continuación giró sobre sus talones y entró en su dormitorio.

Phoebe quería llamarlo para seguir donde lo habían dejado.

¿Pero qué le pasaba? ¿Por qué no dejaba de cometer los mismos errores una y otra vez? ¿Acaso no había aprendido nada de su doloroso pasado? Apoyó las botellas contra sus ardientes mejillas.

No más alcohol.

No más besos.

Y nada de dejarse llevar por los recuerdos y bajar la guardia. De lo contrario iba a acabar de nuevo con el corazón roto.

Estúpido. Pelele. Idiota. Carter puntuó cada apelativo con una subida de pesas en el gimnasio del hotel. Eran las cuatro de la mañana. Había tenido a Phoebe exactamente donde quería y había dejado que se fuera.

Ella estaba dispuesta. Sus besos habían sido una clara invitación a algo más, que él había rechazado.

«Te estás ablandando, Jones».

Deseaba a Phoebe, pero no la quería bebida. Quería que estuviera cien por cien despejada cuando la metiera en su cama. Quería ganar aquella batalla con su cerebro, no con trucos sucios.

Se frotó el sudor de la frente con la camiseta. La próxima vez lo lograría. La próxima vez besaría a Phoebe Lancaster Drew de modo que se le empaparan las braguitas.

La próxima vez la haría gritar de placer.

***

–¡Otra vez! ¡Quiero montar otra vez! –Phoebe ya estaba ronca a causa de los gritos que había dado mientras montaban en la montaña rusa.

Carter negó con la cabeza.

–Ya hemos montado aquí cuatro veces. Hay que intentar algo diferente.

–Pero a mí me gusta esto –Phoebe no quería admitir que su sentido de la aventura se limitaba a lo que ya conocía. Sabía que podía enfrentarse a aquella montaña rusa, pero no estaba segura respecto a las demás diversiones.

–Tampoco querías montar aquí cuando lo he sugerido.

–No lo has sugerido. Lo has ordenado.

–El asunto es que no esperabas que fuera a gustarte y te ha gustado. Es hora de ampliar tus horizontes.

–¿Sabías que hasta hoy nunca había ido a un parque de atracciones? Vamos a dar una vuelta para ver los espectáculos –dijo Phoebe a la vez que empezaba a alejarse.

Carter la tomó de la mano para que se detuviera.

–Phoebe…

Ella se volvió a mirarlo.

–Si me mareo será por tu culpa.

–Correré el riesgo y después te compraré dos perritos calientes con picante.

–Ayer ya comí dos. Tengo que limitar mi ingestión de comida basura.

Carter la miró de arriba abajo con evidente admiración. Phoebe se cruzó de brazos para ocultar a su mirada la inmediata reacción de sus pezones.

–No tienes por qué preocuparte por eso.

Phoebe sabía que tenía mucho de qué preocuparse si Carter lograba que las rodillas se le volvieran de goma con una simple mirada.

–Gracias –murmuró.

–Y ya vale de hablar. Pongámonos en marcha.

Cinco horas después Phoebe tenía la garganta hecha añicos. Hacía mucho que no se divertía tanto. De hecho, nunca se había divertido tanto. Y pensar que había estado a punto de negarse a acudir…

Pero allí no era la nieta del senador Wilton Lancaster, su anfitriona y redactora de discursos, la mujer que siempre estaba a su lado cuando la prensa lo fotografiaba. Aquel día había sido una visitante más del parque y la única cámara de la que había tenido que preocuparse había sido de la de Carter.

Se sentó en un banco, agotada.

–Lo estoy pasando de maravilla.

–Pareces sorprendida por ello –dijo Carter mientras se sentaba a su lado.

Al sentir el calor que emanaba de su muslo, Phoebe trató de concentrarse en otra cosa.

–Hacía mucho que no tenía tiempo para divertirme.

–Pues deberías hacerlo más a menudo. Ya sabes, mucho trabajo y nada de diversión…

–Puede que después de las elecciones tenga más tiempo.

Pero Phoebe sabía que si su abuelo salía elegido, el trabajo no haría más que aumentar. Mucha gente creía que tenía el trabajo que había soñado, pero se equivocaban. Nunca había querido llevar la vida pública que había exasperado a su madre lo suficiente como para hacerle fugarse con un trabajador de la construcción que conoció durante la remodelación de la propiedad de los Lancaster.

Carter se volvió a mirarla con los ojos entrecerrados.

–Sólo nos queda una montaña rusa por probar.

–Lo cierto es que ya tengo bastante hambre. ¿Por qué no vamos a comer? Creo que he visto un restaurante vegetariano a la salida del parque.

–Si montas, trataré de ganar ese osito de peluche que querías.

–No tendría dónde guardarlo.

–Entonces cámbialo por una de las fotos.

Phoebe sintió un escalofrío. Carter le había hecho olvidar una vez más quién era y lo que conllevaba su posición. ¿No había aprendido ya con él que bajar la guardia podía tener consecuencias desastrosas?

–¿Las tienes aquí mismo?

–En el hotel.

–¡Podrían robarlas!

–¿Preferirías que las llevara encima y se me cayeran en alguno de los giros de las montañas rusas?

Phoebe empezaba a sentir dolor de cabeza.

—No, pero…

—Las fotos están seguras.

Phoebe se preguntó cómo podía haber olvidado ni por un momento por qué estaba allí.

—Quiero irme.

—Pero…

—Ahora —interrumpió Phoebe, que se levantó y encaminó con paso firme hacia la salida.

Carter la alcanzó cuando ya estaban fuera. La tomó de la mano y le hizo detenerse.

—¿De verdad crees que sería capaz de avergonzarte con las fotos?

—No sería a mí a quien avergonzarías, Carter. Debería haber pensado en las repercusiones de mis actos antes de haberme dejado llevar egoístamente por mis caprichos.

Carter le soltó la mano sin tratar de ocultar su indignación.

—Dios nos libre de que el senador averigüe que eres humana.

—No comprendes.

—Pues trata de hacerme comprender.

Doce años atrás Carter tampoco se había mostrado comprensivo respecto a la lealtad que sentía por su abuelo, y Phoebe no creía que las cosas hubieran cambiado.

—Quisiera irme. Me duele la cabeza.

—¿Estás huyendo?

—¿De qué?

—De lo que hay entre nosotros.

—Siento que hayas malinterpretado la situación.

–No he malinterpretado nada. Eres tan consciente como yo de las chispas que saltan entre nosotros.

–Te equivocas –mintió Phoebe.

–No creo, cariño –Carter deslizó lentamente un dedo por el cuello de Phoebe hasta su brazo.

Phoebe no pudo evitar estremecerse.

–Tengo la piel especialmente sensible por el sol.

–Tu piel siempre ha sido sensible... a mis caricias –Carter deslizó una mano tras la nuca de Phoebe y la atrajo hacia sí. Un instante después capturaba su boca con un beso devastador.

Mientras dudaba entre empujarlo o atraerlo hacia sí, Phoebe se preguntó por qué tendría aquel hombre el poder de hacerle desear ser cualquiera y no la hija del futuro presidente. ¿Y por qué tenía que estar diciéndole siempre que no? Se puso tensa. Porque tenía mucho que perder. Carter la destrozaría y le haría perder la única familia que le quedaba.

Carter alzó la cabeza. Su expresión se tensó visiblemente mientras miraba a Phoebe.

–Vámonos –dijo.

Capítulo Seis

Si hubiera cometido tantos errores durante la época que había pasado en el ejército como con Phoebe, estaría muerto.

Carter había calculado mal de nuevo y Phoebe había vuelto a alzar todas sus barreras. ¿Tenía alguna probabilidad real de sacar adelante aquella misión?

El sonido de un teléfono llamó su atención y dejó en la mesa el archivo en el que llevaba un rato tratando de concentrarse sin ningún éxito. El sonido procedía del dormitorio de Phoebe. La puerta estaba entreabierta. Llamó pero no hubo respuesta. Entró y vio el teléfono sobre el tocador. El sonido de agua corriendo en el baño indicaba que Phoebe estaba tomando una ducha.

La vibración hizo que el teléfono se deslizara hasta el borde del tocador. Carter lo alcanzó justo antes de que cayera. Miró el visor. El que llamaba era un tal Daniel Wisenaut. ¿Quién sería? ¿Y por qué llamaba a Phoebe? Pulsó el botón.

–¿Hola?

–Disculpe. Debo haberme equivocado.

–¿Trata de localizar a Phoebe?

–Sí. ¿Quién es usted?

–Phoebe no puede ponerse en este momento. Le diré que le devuelva la llamada.

–¿Quién es usted? –repitió el hombre–. ¿Y dónde está? He tratado de localizar a Phoebe en casa y no ha habido manera.

El agua dejó de correr en el baño y Carter imaginó a Phoebe saliendo desnuda de la ducha.

–Phoebe se lo dirá si piensa que necesita saberlo –dijo, y a continuación colgó.

Un momento después Phoebe salía del baño en albornoz. Al ver a Carter se ciñó las solapas y lo miró con cautela.

–Haz el favor de salir de mi dormitorio.

Carter le alcanzó el teléfono.

–Has recibido una llamada.

–¿Y has contestado? –preguntó Phoebe, horrorizada–. ¿Era mi abuelo?

–En la pantalla ponía que era Daniel Wisenaut.

–Es el asistente personal de mi abuelo –dijo Phoebe, horrorizada–. Ya puestos, podías haber llamado directamente a mi abuelo.

–He pensado que querrías saber quién te había llamado.

–Tengo el contestador activado.

Carter se encogió de hombros.

–Están a punto de subir con la comida.

Phoebe cerró los ojos y respiró profundamente. La subida y bajada de sus pechos desnudos bajo el albornoz fascinó a Carter.

–Llamaré a Daniel después de vestirme. Puede que haya algún problema con mi abuelo.

Carter debería haber sentido cierto consuelo al comprobar que Phoebe no quería hablar con Daniel mientras estaba desnuda. Pero no fue así. Aquel hombre tenía su número personal... un número que él no tenía. Y no quería que Wisenaut se entrometiera en su tarde con Phoebe y anulara el progreso que había hecho durante los dos días pasados.

En aquel momento llamaron a la puerta de la suite.

–No ha dicho que fuera urgente. Voy a abrir. Supongo que será el camarero con la comida. Ven a comer conmigo antes de que se enfríe todo. Por favor –añadió al ver que Phoebe dudaba.

–Antes tengo que vestirme.

Carter se permitió el placer de contemplar su húmedo y sonrosado cuerpo una vez más.

–Si te empeñas... pero no te esfuerces demasiado por mí.

Cuando sus miradas se encontraron, Carter se fijó en las pupilas dilatas y en los labios ligeramente entreabiertos de Phoebe. Finalmente, ella inclinó la cabeza hacia la puerta en un gesto que no necesitaba más explicaciones.

Phoebe miró su móvil como si fuera una serpiente venenosa. Daniel era la última persona con la que quería hablar esa noche. Pero, ¿y si le había sucedido algo a su abuelo? Se puso rápidamente el vestido rojo que había elegido para la noche y tomó el teléfono. Daniel contestó enseguida.

–Hola, soy Phoebe.

–¿Dónde estás? ¿Y quién ha contestado al teléfono?

Phoebe ignoró las malhumoradas preguntas.

–¿Se encuentra bien mi abuelo?

–Aparte de estar enfadado porque necesita el archivo de interés especial y tú no estás en casa para enviarlo, se encuentra perfectamente.

–Tengo derecho a unas vacaciones.

–¿Con quién?

–Con un amigo.

–Al senador no le va a hacer ninguna gracia enterarse.

Phoebe estaba segura de que Daniel se lo contaría de inmediato a su abuelo para ganar puntos. Jamás pensaba en nadie excepto en sí mismo.

–O puede que sí se la haga –continuó Daniel–. Wilton empieza a sospechar que eres gay. Saber que estás con un hombre supondrá un gran alivio para él a pesar de que pueda suponer un revés político.

Phoebe se ruborizó de rabia.

–¿Y quién le ha metido esa ridícula idea en la cabeza? Yo nunca le he dado motivos para que lo piense.

El rumor solo podía haber surgido de una fuente… de alguien que no había querido aceptar ninguna culpa por la rotura de su compromiso. Daniel. Phoebe había sentido a menudo que su exprometido trataba de interponerse entre su abuelo y ella. Y aquello solo confirmaba sus sospechas.

–Ambos sabemos que no eres una mujer especialmente sexual.

Las denigrantes palabras de Daniel fueron como alcohol en una herida abierta para Phoebe. Pero Daniel no la habría llamado asexuada si hubiera estado al tanto de su escandaloso pasado con Carter. Los dos días pasados le habían servido para recordar por qué se coló por Carter como lo hizo... lo que no había hecho más que aumentar su deseo por él.

No como sucedió con Daniel. Este era todo lo que su abuelo habría querido en un yerno. Y ese era le motivo por el que Phoebe había tratado de ser feliz con él. Después de comprometerse incluso accedió a acostarse con él. Sus encuentros fueron embarazosos y frustrantes, pero ya que no buscaba la pasión y el amor que compartió con Carter, Phoebe acabó por convencerse de que la relación podía funcionar. Pero con el tiempo se dio cuenta de que faltaba algo crucial en su relación, y así se lo hizo saber a Daniel. Este le dijo que él tampoco estaba enamorado de ella, pero que formaban un dúo políticamente imbatible y que aspiraba a que llegaran a ser presidente y primera dama.

Aquella fue la excusa que Phoebe necesitaba para romper su compromiso. Daniel no se lo tomó bien, desde luego, pero jamás habría esperado que fuera a contarle a su abuelo una mentira como aquella. Pero tampoco debía sorprenderle. Daniel solo estaba haciendo lo que mejor sabía hacer: cuidar de sí mismo y proteger su trabajo.

–Reconócelo –continuó Daniel–. Nunca has tenido una relación duradera con un hombre, y en la cama eras… para ser educado diré que te mostrabas «desinteresada».

Phoebe apretó los dientes. De pronto se sentía sucia, como si necesitara otra ducha.

–Tal vez se debía a la compañía –espetó.

–No te van los comentarios irónicos, Phoebe. Habrías sido una magnífica primera dama, tan elegante y desenvuelta… A menos que recuperes pronto la cordura, voy a tener que llegar a la Casa Blanca solo.

–Haz lo que quieras, Daniel. Tengo el archivo que quiere mi abuelo en el ordenador. Se lo enviaré esta noche.

Phoebe colgó y estuvo a punto de lanzar el teléfono contra la pared. Durante años había tratado de vivir por encima de cualquier reproche o posible cotilleo, pero lo único que había conseguido a base de su celibato había sido soledad… y que la acusaran de lesbianismo. Su abuelo debía estar horrorizado.

Demasiado agitada para ver a Carter en aquellos momentos, encendió el ordenador y envió el archivo. Cuando se sintió lo suficientemente calmada, respiró profundamente y abrió la puerta del dormitorio.

Al salir se detuvo en seco. Carter había preparado el escenario para la seducción. Había apagado las luces y tan solo había dos velas en la mesa, junto a la ventana, desde la que se divisaba una magnífica vista de la noche de Atlanta.

Carter se levantó de las sombras del sofá.

—Estás preciosa, Phoebe —era una frase hecha, pero la dijo con total convicción.

¿Cómo era posible que la excitara solo con sus palabras mientras Daniel no logró hacerlo nunca ni siquiera tocándola?

—Gracias. No deberías haberme esperado. La comida se habrá enfriado.

—Prefiero contar con tu compañía mientras como.

Carter sabía decir todas las cosas adecuadas, pero en aquellos momentos Phoebe necesitaba todo el bálsamo que pudiera recibir. Decidida a olvidar la desagradable conversación telefónica, se acercó a la mesa y levantó las tapas de los recipientes. El olor de la comida le hizo recordar que tenía hambre.

Una vez sentados, Carter alzó la botella para servir el vino.

—No quiero vino esta noche, gracias —dijo Phoebe—. Solo voy a beber agua.

Carter asintió y empezaron a comer.

—Está delicioso —dijo Phoebe sinceramente. Los vegetales a la plancha con salsa *teriyaki* estaban realmente exquisitos.

—Me alegra que te guste —tras comer un rato en silencio, Carter preguntó—: Aparte del asistente personal de tu abuelo, ¿quién es Daniel Wisenaut?

Phoebe sintió que su apetito se esfumaba.

–¿Por qué lo preguntas?

–Por la cara que has puesto cuando te he dicho que ha llamado.

–Daniel y yo estuvimos prometidos.

–¿Qué sucedió?

–Nada. Es perfecto. Exactamente la clase de hombre con quien quiere que me case mi abuelo.

–¿Y por qué no lo hiciste?

–Daniel estaba más ocupado cortejando a mi abuelo que a mí.

–De manera que es un zopenco.

–Sí, pero un zopenco políticamente hábil. Quiere llegar a presidente, y no me extrañaría que lo consiguiera algún día.

–¿Sabía tu abuelo que Wisenaut te estaba utilizando para trepar?

–Nunca se lo dije. Daniel se convirtió en su ayudante personal antes de que rompiéramos nuestro compromiso. Hace bien su trabajo y a mi abuelo le gusta.

–¿Lo amabas?

Phoebe permaneció un momento en silencio. No quería revelar la promesa que había hecho de no volver a enamorarse. Si lo hiciera, Carter sabría cuánto daño le hizo al dejarla.

–Los buenos matrimonios no se basan solo en los sentimientos y el deseo. Pensaba que acabaría encariñándome con el tiempo. Si recuerdas bien, ya intenté el camino del amor, y no funcionó –añadió, y se arrepintió de inmediato de haberlo hecho.

–Lo recuerdo –murmuró Carter, y sus palabras hicieron que el corazón de Phoebe se encogiera.

–Esta noche Daniel me ha dicho que creía que era gay, y ha informado a mi abuelo de lo que piensa –rió sin humor–. No saben lo equivocados que están.

–¿Lo están?

Phoebe miró a Carter, conmocionada. ¿Estaba haciendo de abogado del diablo como solía?

–Tú sabes mejor que nadie que no. Hemos estado juntos. Nunca he deseado a una mujer de ese modo.

–¿De qué modo?

–Sexualmente. Como te deseo a ti.

Carter contuvo el aliento.

Phoebe alzó las manos.

–Lo siento. No debería haber dicho eso. Yo misma he roto las reglas que puse…

–Pero lo has dicho –Carter dejó su servilleta en la mesa y se levantó.

Phoebe sintió que su corazón latía con fuerza y que le costaba respirar. Apretó la servilleta en las manos.

–Esto no es buena idea.

–¿Por qué? Somos dos adultos que se encuentran mutuamente atractivos.

Carter se detuvo tras la silla de Phoebe y apoyó las manos en sus hombros. Cuando empezó a masajearle el cuello con los pulgares, ella inclinó la cabeza y cerró los ojos.

Sabía que acabaría sufriendo, pero no podía luchar contra la magia de aquellas caricias. Sintió que el calor se acumulaba en su regazo. Carter siempre había sabido qué hacer para aliviar su tensión.

El incipiente dolor de cabeza se esfumó y fue sustituido por algo mucho más peligroso. Deseo. Un deseo que hacía más de diez años que no experimentaba.

A pesar de saber que luego lo lamentaría, esa noche no quería decir no.

Cuando Carter se inclinó para besarla en el cuello, Phoebe gimió y apoyó una mano sobre la suya.

–Carter…

–Shh.

Carter tomó el lóbulo de una oreja de Phoebe entre sus dientes y lo mordisqueó antes de acariciarlo delicadamente con su lengua. Ella sintió que una descarga de placer recorría su cuerpo de arriba abajo, acharolándola, humedeciéndola…

Sin dejar de besarla en el cuello y en los hombros, Carter la rodeó con ambos brazos y comenzó a acariciarle los pechos, a tomar entre dos dedos las reveladoras protuberancias de sus pezones. Phoebe dejó caer la cabeza hacia atrás y Carter capturó su boca para besarla como si tuviera intenciones de devorarla allí mismo. Unos instantes después le hizo ponerse en pie y la estrechó contra su cuerpo.

Aturdida de deseo, Phoebe trató de pensar con cierta coherencia.

–Si hacemos esto... solo podrá ser aquí, en Atlanta. Cuando vuelva a casa... ya no tendré tiempo de estar yendo de D. C. a Carolina del Norte, y no puedo permitirme la publicidad negativa de una aventura.

Carter la miró con fuego en los ojos.

–Tres días. ¿Serán suficientes para ti?

Tendrían que bastar.

–Sí –susurró Phoebe.

Carter enredó los dedos en su pelo y tiró de su cabeza hacia atrás para darle un beso tras otro. Phoebe lo rodeó con las manos por la cintura y se aferró a su cinturón cuando sintió que sus rodillas se quedaban sin fuerzas. Carter gimió cuando ella metió los dedos tras el cinturón y empezó a introducir y sacar la lengua en su boca, imitando lo que tenía intención de hacer con su cuerpo.

Deslizó una mano tras su trasero y situó un muslo entre los de ella. Phoebe le siguió la corriente sin ningún reparo y empezó a frotarse contra él. Impaciente por sentir la piel de Carter bajo sus manos, tiró de su camisa para sacarla del pantalón.

El se estremeció cuando Phoebe deslizó las manos por su espalda desnuda y terminó de quitarse la camisa.

Ignorando las campanillas de advertencia que estaban sonando en su cabeza, Phoebe tomó el borde de su vestido y empezó a quitárselo por encima de la cabeza. Carter la ayudó y luego lo arrojó sobre su camisa. Cuando Phoebe alargó de nuevo las manos hacia él, se las sujetó para impedirlo.

La mirada que deslizó por su cuerpo fue puro fuego líquido.

–Eres preciosa –murmuró.

Phoebe pensaba que no lo era, pero no iba a discutírselo en aquellos momentos.

–Tú haces que me sienta así.

Carter deslizó un dedo por el borde de su sujetador de encaje blanco hasta su abdomen y a lo largo de la cintura de sus braguitas. Braguitas de abuela. Se ruborizó. Nunca llevaba ropa interior sexy. ¿Para qué iba a hacerlo si ella era la única que la veía?

Carter sonrió.

–¿Qué ocultas ahí, Phoebe?

La mezcla de su juvenil sonrisa y de la pasión de su mirada hizo que todo pensamiento coherente abandonara a Phoebe. Carter se agachó y la besó en el estómago, por encima del elástico de las braguitas. Luego se las bajó unos centímetros, hasta dejar al descubierto su ombligo.

–Ah, eso.

Cuando introdujo la lengua en la sombreada cavidad, Phoebe dejó escapar un gritito y tuvo que sujetarse a la mesa que tenía detrás. Carter siguió bajándole las braguitas poco a poco, sin dejar de besar y saborear lo que iba descubriendo. Acarició con los labios su rizos negros y la humedeció cálidamente con su aliento. Phoebe se mordió el labio mientras se esforzaba por respirar.

Finalmente, Carter le bajó del todo las braguitas y se las quitó.

Después, empezando por sus talones, fue acariciando hacia arriba sus piernas hasta alcanzar de nuevo sus rizos. Cuando entreabrió los pliegues de su sexo y deslizó la lengua entre ellos, Phoebe cerró los ojos a causa de la oleada de deseo que recorrió su cuerpo y tuvo que utilizar toda su voluntad para permanecer de pie. El placer fue aumentando con demasiada rapidez. Quería rogar a Carter que fuera más despacio, pero no lograba encontrar su voz. Enredó los dedos en su pelo y trató de apartarlo.

El debió mal interpretar su incoherente ruego, porque le hizo separar aún más las piernas para introducir un dedo en su cálido y deslizante sexo. Cada caricia de su dedo, de su lengua, la acercaba más y más al borde. Y entonces sucedió. Los músculos de Phoebe se contrajeron y dejó escapar un prolongado gemido, mientras un intenso y liberador placer recorría su cuerpo en oleadas.

Carter se irguió y, tras quitarle el sujetador, tomó uno de sus pezones en la boca mientras le acariciaba el otro con la mano.

A punto de caer, Phoebe tiró de Carter hasta que se puso a su altura.

—Llévame a la cama, Carter.

Carter contempló los ojos colmados de pasión de Phoebe y su estómago se encogió. Algo no iba bien. Se suponía que no debería estar sintiendo tanto; se suponía que no debería desearla hasta aquel punto. Anhelaba sumergirse en ella, pero no quería necesitarla. Acabar en la cama solo haría que empeoraran las cosas.

–¿Quién necesita una cama?

Deslizó las manos por las curvas de su cuerpo, apreciando la diferencia entre la joven que conoció y la mujer que tenía delante. Le habría encantado fotografiarla en aquellos momentos, con el deseo que reflejaban sus ojos y la luz de las velas iluminando su pálida piel.

La alzó hasta sentarla en el borde de la mesa, se situó entre sus piernas y acalló su sorpresa con un beso. Luego tomó sus pechos en las manos y los acarició hasta que Phoebe arqueó las espalda y empezó a ronronear.

Pero Phoebe no quería permanecer inactiva, de manera que le aflojó el cinturón y soltó el botón de sus pantalones. Cuando introdujo la mano bajo el calzoncillo y acarició la erección de Carter, este temió perder el control.

–Espera –murmuró. A continuación sacó de un bolsillo la cajita de preservativos que llevaba encima desde que había comenzado la Operación Seducción y los dejó en la mesa.

Un momento después, Phoebe le bajaba los pantalones y los calzoncillos hasta los tobillos. A continuación lo rodeó con su mano y lo acarició desde la base hasta la punta. Luego capturó la gota de líquido que asomó de esta y procedió a extenderlo delicadamente con el pulgar en torno al extremo de su sexo. Incapaz de contenerse más, Carter se quitó los pantalones y los zapatos de un patada y tomó los preservativos.

Unos segundos más tarde Phoebe lo guiaba a casa.

«¡A casa no, caray!».

Carter apretó los dientes y trató de concentrarse en su plan mientras el húmedo calor de Phoebe lo rodeaba. Pero sus grititos y la manera en que lo rodeó con los brazos por el cuello y amoldó sus pechos al de él, le hicieron perder cualquier cautela y comenzó a penetrarla una y otra vez.

Al notar que la mesa empezaba a tambalearse, con el consiguiente peligro de que cayeran las velas y todo empezara a arder, tomó a Phoebe por el trasero y la llevó hasta el sofá sin salir de ella.

Una vez tumbada, Phoebe se arqueó para recibir cada una de sus embestidas. Carter trató de recordar sus planes.

«Hazle rogar».

Pero era él el que quería rogar. Rogarle que siguiera así toda la noche, toda la semana. Rogarle que siguiera tocándolo como lo hacía.

A base de esfuerzo, ralentizó el ritmo de sus embestidas, se apoyó sobre sus manos y se irguió. Luego arqueó la espalda para tomar entre los dientes uno de sus pezones a la vez que introducía una mano entre sus piernas para acariciarla… y se esforzaba por mantener la cordura.

Phoebe empezó a retorcerse bajo su cuerpo como si estuviera poseída. Estaba a punto de perder el control cuando ella tomó su rostro entre las manos y lo miró a los ojos.

–Por favor, Carter… Por favor…

Carter gruñó de triunfo al oír sus palabras de rendición y comenzó a moverse más y más deprisa. Phoebe gritó su nombre y sus músculos internos se contrajeron en torno a Carter mientras alcanzaba de nuevo la cima. El dejó de luchar por controlarse y dejó que el placer estallara en su interior.

Los brazos empezaron a temblarle y tuvo que apoyarse en los codos mientras ella lo rodeaba por la cintura. Sus húmedos y deslizantes torsos se fundieron y el aroma de su pasión invadió sus orificios nasales.

Phoebe lo había diezmado.

A pesar de lo mucho que se había esforzado por evitarlo, su misión había acabado por ser personal. Demasiado personal. ¿Qué diablos había pasado allí? Se suponía que el sexo con Phoebe no podía ser mejor que antes.

Había llegado el momento de hacer un control de daños.

Pero en aquellos momentos nada le apetecía más que dormirse con Phoebe entre sus brazos… y precisamente por eso era lo último que debía hacer.

Antes de que la soltara, Phoebe deslizó un dedo a lo largo de su espina dorsal e hizo que una descarga de adrenalina le recorriera rápidamente las venas.

Su pulso, que había empezado a tranquilizarse, volvió a animarse. La noche no había acabado y él no había terminado con Phoebe.

–¿Tu ducha o la mía? –susurró junto a su oído.

Capítulo Siete

Sábanas frías. Una cama vacía. No era así como esperaba despertar Phoebe a la mañana siguiente.

Permaneció muy quieta para comprobar si escuchaba a Carter moviéndose en otra parte de la suite, pero no oyó nada. La almohada que estaba a su lado no había sido utilizada. Carter no había compartido la cama con ella. Lo último que recordaba era estar sentada en su regazo en una silla que había frente a la cama.

Miró la hora. Eran las ocho de la mañana. Lo más probable era que Carter estuviera trabajando.

¿Pero qué había esperado? ¿Despertar entre sus brazos? ¿Compartir el desayuno en la cama con él?

Lo único que buscaba era una aventura breve. Entonces, ¿por qué se sentía tan decepcionada? Ni quería ni podía aspirar a más. No estaba dispuesta a que su abuelo sufriera como sufrió ella cuando fue abandonada por sus padres.

Bajó de la cama, se puso la bata e inspeccionó rápidamente la suite para cerciorarse de que no estaba sola. Tras tomar una rápida ducha se preparó un café.

La noche anterior Carter le había demostrado que ya no era el amante impaciente pero indeciso que recordaba. Se había vuelto un maestro de hacer el amor y había hecho que le rogara que la llevara a la cima cada vez que la había tomado. No había perdido el control como solía sucederle. Se había contenido como si le estuviera ocultando algo. Y después no la había abrazado.

Respiró temblorosamente. La estaba utilizando. ¿Pero porqué le producía aquella opresión en el pecho reconocer la verdad? Aquello no era amor. Era sexo; solo sexo. Y ella también lo estaba utilizando. ¿Acaso no había insistido en limitar su aventura a tres días? El domingo por la noche Carter le devolvería los negativos y la fotos y se despedirían.

Tras tomar el café encendió el ordenador y trató de concentrarse en buscar citas para los discursos de su abuelo, pero no lo logró.

Si solo le quedaban dos días y medio con Carter, quería aprovecharlos al máximo. ¿Pero cómo? No tenía la más mínima experiencia en planificar aventuras como aquella.

A las diez sonó su teléfono. Al mirar la pantalla vio que se trataba de su abuelo. Solo le había mentido una vez en su vida; el día que le dijo que Carter solo era un compañero de clase. Si contestaba temía que iba a tener que volver a hacerlo.

Finalmente contestó.

–Hola, abuelo. ¿Qué tiempo hace en la isla? ¿Estás jugando al golf de la mañana a la noche?

–No he llamado para hablar del tiempo. Daniel me ha dicho que te has tomado unas vacaciones.

Con alguien. No sabía que estuvieras saliendo con alguien.

Phoebe suspiró. Habría sido demasiado esperar que Daniel mantuviera la boca cerrada.

—No estoy saliendo con nadie. Me encontré con un viejo amigo y estamos poniéndonos al día.

—¿Lo conozco?

—No creo. ¿Cómo va el plan de la campaña?

—Tampoco he llamado para hablar de la campaña. Eres tú la que me preocupa. Daniel dice que…

—Daniel habla demasiado, y espero que sepas que no todo lo que te dice es cierto. No te preocupes por mí. Estoy bien.

—¿Dónde estás?

—Abuelo…

—Eres todo lo que me queda, Phoebe. ¿Acaso no tengo derecho a saber dónde estás por si surge una emergencia?

Phoebe cerró los ojos un momento y suspiró.

—Estoy en Atlanta. Volveré a casa el domingo por la tarde.

—Creo que voy a acortar este viaje. Aquí no estamos haciendo nada y…

—No, abuelo. Quédate y termina lo que has empezado. En la oficina te verías interrumpido por mil trivialidades. Por eso te has ido a la isla.

—Podrías reunirte con nosotros.

—¿Y entrometerme en tus partidas de golf? No creo.

—Phoebe, tu madre…

Phoebe sabía que su abuelo siempre sacaba a relucir a su madre cuando pensaba que corría el riesgo de perderla.

–Ya hemos hablado de eso muchas veces, abuelo. Yo no soy mi madre. Puedes contar conmigo.

–Lo sé. Tú eres mucho más sensata que Gracie. Que Dios la conserve en su gloria. Tu amigo... ¿se trata de alguien especial? ¿Vas a traerlo a casa?

–No, abuelo. No es nadie especial. Y no voy a llevarlo a casa a que lo conozcas.

–En ese caso, nos veremos dentro de tres semanas, a menos que me necesites antes, claro. Te quiero, cariño.

–Y yo a ti.

Phoebe colgó el teléfono con el corazón oprimido. En otra época Carter fue el hombre más especial de su vida, pero ya no podía ser más que un interludio. Su abuelo era lo primero.

Al oír un sonido a sus espaldas se volvió. Carter estaba en el umbral de la puerta. El corazón de Phoebe dio un vuelco. ¿Cuánto habría escuchado?

«No es nadie especial». Carter sintió un amargo sabor en la boca.

Phoebe se mordió el labio y lo miró con expresión culpable.

–Pensaba que estabas trabajando.

–Lo estaba –pero el recuerdo de lo sucedido la noche anterior con Phoebe le había impedido concentrarse en su trabajo. Carter había pedido al director del proyecto que se hiciera cargo y había corrido a buscar a Phoebe… para escucharle decir que no era «nadie especial».

Pero pensaba hacerle tragarse aquellas palabras.

La advertencia de Sawyer y Rick resonó en sus oídos. ¿Corría el peligro de perder la cabeza? ¿Debía abortar la misión? No. Era posible que su orgullo estuviera dolido, pero él no era ningún rajado. Alguien debía enseñarle a Phoebe Lancaster Drew lo que se sentía al ser utilizado y desechado. Y no había nadie más cualificado que él para cumplir esa misión.

Se aflojó la corbata mientras cruzaba la habitación. ¿Phoebe quería un juguete sexual? Perfecto.

Phoebe dejó el teléfono en la mesa y alisó con las manos sus elegantes pantalones.

–¿Qué tienes planeado para hoy?

–Vamos a ver una exposición fotográfica en una galería loca. Si no has traído ningún vestido formal tendremos que comprar uno. Mientras salimos de compras podemos visitar el Museo de Arte Contemporáneo, pero vamos a pasar el resto de la mañana en la cama.

Phoebe parpadeó.

–Me apetece ver el museo y la exposición, y he traído un vestido negro que puede servir.

Carter alzó una mano y tomó un mechón de pelo de Phoebe entre sus dedos.

–Bien. Así tendremos más tiempo para nosotros

–dijo, y a continuación inclinó la cabeza para besarla.

Volcó toda la experiencia acumulada durante los pasados doce años en aquel beso. Tras la sorpresa inicial, Phoebe se curvó contra él y suspiró. El roce de sus pechos hizo que una oleada de deseo recorriera el cuerpo de Carter. El sexo con Phoebe no debería ser tan explosivo. Cada roce de sus dedos, de sus labios, volvía a convertirlo en una especie de colegial que acabara de descubrir el sexo.

Suavizar. Seducir. *Sayonara.*

Pero, una vez en la cama, fue él quien se vio seducido por Phoebe, que la noche anterior había recordado sin ningún problema todas sus zonas erógenas y por lo visto tenía intención de darles un repaso. Lo quería totalmente fuera de control, quería que le rogara como ella había hecho el día anterior cada vez que Carter la había tomado, en la cama, en la ducha, en la silla del dormitorio.

Cuando, ya desnudos, Carter comenzó a acariciarla, ella le apartó la mano y le hizo tumbarse de espaldas. Después, apoyada sobre las manos y las rodillas, dejó que su larga melena acariciara el pecho de Carter antes de inclinar la cabeza para deslizar la lengua por su torso, en torno a sus pezones, por su abdomen.

El cuerpo de Carter se tensó de anticipación cuando ella fue descendiendo. Al sentir el contacto de su lengua sobre la satinada y palpitante carne del extremo de su miembro, cerró los ojos con fuerza y tuvo que hacer verdaderos esfuerzos por contenerse.

Phoebe lo rodeó con la mano, entreabrió los labios y lo tomó de lleno en su húmeda y cálida boca. Carter hundió los dedos en su pelo con la esperanza de detenerla, pero deseando que no se detuviera nunca.

Phoebe lo acarició con la presión exacta, lo saboreó lentamente, imitando con sus movimientos lo que esperaba que él hiciera con ella unos momentos después.

Cuando el control de Carter estaba a punto de llegar a su límite, Phoebe le sujetó los brazos por encima de la cabeza, bajó las caderas y comenzó a deslizar su húmedo sexo arriba y abajo contra él. Un gemido de intenso deseo escapó de su garganta.

Lo quería dentro, lo necesitaba dentro. Cuando fue a tomar uno de los preservativos que había en la mesilla de noche, Carter aprovechó para tumbarla y situarse entre sus piernas. Tras protegerse a toda velocidad, la penetró con la ansiedad de un hombre a punto de morir de sed que acabara de encontrar una fuente en el desierto. Phoebe dejó escapar un gritito ante la repentina y anhelada invasión. Carter tomó sus labios en los suyos, amortiguando sus gemidos mientras la penetraba una y otra vez. Unos momentos después Phoebe experimentó el orgasmo más intenso de su vida y, por la expresión y los gemidos de Carter, a él debió sucederle lo mismo.

–Maldita seas –murmuró contra sus labios mientras ella se estremecía entre sus brazos–. Maldita seas por hacerme desearte de nuevo.

Phoebe trató de recuperar el aliento. Su sensación de triunfo se fue transformando en tristeza mientras su cuerpo se enfriaba. Era posible que hubiera logrado hacer que Carter la deseara hasta casi hacerle perder la cabeza, pero a ella le había sucedido lo mismo con él, y aquel era un camino que no podía llevar a nada bueno. No necesitaba realizar una encuesta para saber que lo que la aguardaba al final era un corazón roto.

Prácticamente le había hecho rogar. Carter pulsó una tecla del ordenador con más energía de la necesaria.

Su deseo por Phoebe era tan intenso que, de no ser por la interrupción del servicio de habitaciones, en ningún momento habrían salido de la cama para comer o acudir al museo.

El embriagador aroma de su carnal mañana lo había acompañado durante el almuerzo y mientras visitaban el museo. No recordaba lo que habían comido ni nada de lo que habían visto. Al regresar al hotel había llevado a Phoebe directamente a la ducha y se había perdido de nuevo en ella.

Había sido todo un viernes y aún no había terminado.

Se concentró en su ordenador y trató de ignorar los sonidos procedentes de la habitación de Phoebe, que se estaba preparando para acudir a la galería de la exposición fotográfica. Hacía apenas una hora que habían hecho el amor por última vez. ¿Cómo era posible que ya la deseara de nuevo?

Masculló una maldición. Phoebe había logrado debilitar sus defensas. El continuo deseo que sentía por ella era una señal de debilidad, algo que no podía tolerar.

Pero aquello solo era un contratiempo, se dijo mientras seguía descargando las fotos de su cámara digital en el ordenador. La Operación Seducción iba a continuar tal y como estaba planeada. Apenas quedaban cuarenta y ocho horas para darla por concluida. Pensar aquello le produjo una incómoda sensación de apremio.

Una vez descargadas las fotos fue echándoles un vistazo. En la mayoría, la expresión de Phoebe era meditabunda, casi triste, pero en las fotos que le había tomado durante el partido y en el parque de atracciones aparecía casi siempre sonriente y risueña. Aquella era la chica que recordaba, la chica con la que en otra época quiso casarse para pasar el resto de su vida junto a ella. Pero aquella chica solo había sido una ilusión.

«Elige, Phoebe. O le dices a tu abuelo la verdad, o hemos acabado».

El silencio con que recibió Phoebe su ultimátum fue toda la respuesta que necesitó.

El día que la dejó en Washington decidió que si no podía tener el futuro que había planeado con Phoebe, volvería a la única familia que había conocido: los marines.

Era una lástima que Phoebe no hubiera cumplido su promesa de amarlo para siempre, y era una lástima que ya no fuera la chica alegre y risueña que había conocido.

Pero ese no era su problema. Nada de compasión. Phoebe se las había arreglado para estropear su vida por su cuenta. Y también tendría que arreglarla por su cuenta.

Capítulo Ocho

A pesar de que era aficionada al arte y solía acudir a menudo a exposiciones, Phoebe apenas fue capaz de concentrarse en las fotos de la galería con Carter a su lado. Su mente no dejaba de regresar a las seductoras caricias que habían compartido en el dormitorio hasta hacía apenas un rato.

Tomó un sorbo de champán e hizo el esfuerzo de concentrarse en la foto que tenía delante... aunque resultaba realmente complicado teniendo la cálida mano de Carter apoyada en su cintura. Entrecerró los ojos. Las fotos de Carter eran mejores que aquellas.

—Tus fotos merecerían estar aquí.

Carter sonrió burlonamente.

—¿Quieres que cuelgue nuestras fotos en una galería de arte? ¿Acaso te has vuelto una exhibicionista?

Phoebe se contrajo de espanto ante la mera idea.

—No seas tonto. Lo que quiero decir es que tus fotos son tan buenas o más que las que hay aquí colgadas. Tú eres capaz de captar mejor las emociones —al ver que Carter iba a protestar, dijo—:

No discutas. Sé de qué estoy hablando. También he estudiado Historia del Arte.

Carter la miró con una mezcla de placer y vergüenza antes de volverse a mirar la foto que tenían ante sí.

–Vámonos –murmuró un momento después, sin mirar a Phoebe.

–Pensaba que habías dicho que llevabas meses esperando para ver esta exposición.

–Y así es, pero ahora mismo lo que quiero es llevarte a la cama y que me rodees con las piernas por la cintura hasta que caigas exhausta sobre mi hombro. Como has hecho esta tarde.

Un repentino deseo se acumuló entre las piernas de Phoebe. Las rápidos movimientos del pecho de Carter le produjeron una embriagadora sensación de poder femenino... algo a lo que más le valía no acostumbrarse. Se humedeció los labios mientras avanzaban hacia la siguiente foto.

Mientras contemplaban el cuerpo desnudo y tumbado de una modelo fotografiada en blanco y negro a contraluz, Phoebe recordó las fotos por las que había hecho aquel viaje a Atlanta. Y, por la expresión de Carter, él también debía estar recordándolas.

Sintió una repentina impaciencia por verlas.

–Cuando volvamos al hotel quiero que me enseñes las fotos. Todas.

–Lo que tú digas, cariño.

El ronco tono de voz de Carter hizo que un cálido cosquilleo recorriera el cuerpo de Phoebe de arriba abajo.

–Carter –dijo en aquel momento una voz masculina tras ellos. Al volverse, Phoebe vio a un hombre alto y delgado de pelo rubio que ofreció su mano a Carter–. Me alegra que hayas logrado venir.

–No me habría perdido la exposición por nada –los hombres se estrecharon la mano y Carter se volvió hacia Phoebe–. Te presentó a Bo Rivers, dueño de la galería. Bo, esta es Phoebe Lan…

–Phoebe Drew –corrigió ella de inmediato. Había visto a varios periodistas por allí y prefería evitarlos a toda costa. No era probable que la reconocieran, pero su nombre sí podía atraer la atención–. Le estaba diciendo a Carter que debería exponer sus fotos aquí.

Bo asintió enfáticamente.

–Estoy de acuerdo. Cuando logres convencerlo, avísame. Es un patrocinador muy generoso, pero no logro convencerlo para que exponga. A veces me trae sus fotos para preguntarme qué ha hecho mal y yo siempre le digo lo mismo, que no ha hecho nada mal. Tiene un talento natural para la fotografía. Es una lástima que pierda su tiempo con los ordenadores.

–El éxito de mi empresa es lo que me permite patrocinar tus exposiciones, Bo –contestó Carter con una sonrisa.

–Eso es cierto –Bo suspiró dramáticamente–. Pero si alguna vez cambias de opinión, ya sabes dónde encontrarme.

A continuación, el dueño de la galería saludó

con un gesto de la mano a alguien que se hallaba al otro extremo de la sala y se excusó para alejarse.

Carter miró a Phoebe con el ceño fruncido.

–Vámonos, señorita Drew, antes de que alguien te reconozca.

Phoebe se sintió confundida. ¿Qué había pasado con el buen humor y la promesa que había visto en sus ojos hacía unos momentos?

–Me gustaría terminar de ver la exposición.

–¿Y arriesgarte a que te vean conmigo? ¿Qué diría el senador?

Phoebe comprendió en aquel momento a qué venía el repentino malhumor de Carter.

–No quiero llamar la atención sobre mi nombre porque si los periodistas que pululan por aquí llegan a enterarse de mi presencia se olvidarán de la exposición y del fotógrafo para interesarse por la campaña de mi abuelo, y eso no sería justo. ¿No has dicho que era su debut?

Carter no parecía convencido mientras avanzaban hacia la siguiente foto.

–Si no soy un secreto sucio, ¿por qué no le dices a tu abuelo que tenemos una relación?

Phoebe contuvo el aliento. Carter no se estaba refiriendo solo a su relación presente. Su afán por mantener su relación en secreto ya había sido la manzana de la discordia entre ellos en el pasado. Miró a su alrededor, tomó a Carter de la mano y lo condujo hasta una zona menos abarrotada de la galería.

–Cuando mi madre tenía diecisiete años se enamoró de un trabajador de la construcción que estaba renovando la hacienda Lancaster. Mi abuelo le prohibió volver a ver a su amante porque decía que ella era demasiado joven y amenazó con despedir a mi padre si no cortaban la relación. El abuelo trató de espantar a papá, y tal vez lo habría logrado si mamá no se hubiera quedado embarazada de mí. Yo acababa de cumplir dieciocho cuando nos conocimos, Carter. No le dije a mi abuelo que estábamos comprometidos porque no quería que pensara que la historia iba a repetirse y tratara de echarte de mi lado –bajó la mirada–. Temía que pudiera lograrlo.

Carter la miró enfadado.

–¿Y por qué no me mencionaste entonces nada de todo eso?

–Temí que te ofendiera mi miedo a que pudieras dejarte sobornar por mi abuelo para que te fueras.

–Claro que me habría sentido ofendido, pero deberías haberme advertido de la situación.

–No esperaste a que te diera ninguna explicación y dejaste de contestar a mis llamadas. Te habría explicado que todo lo que necesitábamos era tiempo; tiempo para que mi abuelo comprendiera que lo que sentíamos el uno por el otro no era un mero encaprichamiento, para que comprendiera que eras el hombre adecuado para mí y que yo no estaba repitiendo los errores de mi madre.

Carter se pasó una mano por el pelo y maldijo entre dientes.

–Ni siquiera viniste a mi graduación. Pensé que me considerabas bueno para la cama, pero no para casarte conmigo –dijo con aspereza.

El corazón de Phoebe se encogió. Era evidente que le había hecho mucho daño.

–Te equivocaste. Y ya te había hablado de la visita del embajador. Mi abuelo había preparado una recepción para él y yo tenía que estar allí. Sentí mucho perderme tu graduación.

¿Qué habría pasado si hubieran mantenido aquella conversación doce años atrás?, se preguntó. ¿Habría insistido Carter en que eligiera entre su abuelo y él, o habría comprendido la necesidad de mantener temporalmente su relación en secreto?

Bo se presentó de nuevo ante ellos, interrumpiendo los pensamientos de Phoebe.

–He traído a alguien para que lo conozcáis. Louis, este es Carter Jones, un leal patrocinador de la galería, y ella es Phoebe Drew. Louis es el artista cuyo trabajo estáis admirando.

Phoebe sonrió al fotógrafo.

–He notado que has utilizado a la misma modelo en todas las fotos. Es encantadora.

Louis sonrió con tristeza.

–Sí, lo era.

–¿Lo era? –repitió Phoebe.

–El año pasado perdí a Sophie a causa de un cáncer de mama. Tomé estas fotos poco antes de que empezara el tratamiento. A veces uno no sabe el tesoro que tiene entre las manos hasta que se queda sin él. Y entonces ya es demasiado tarde.

Phoebe sintió que se le encogía el corazón. No, uno nunca sabía cuánto tiempo le quedaba para disfrutar de la compañía de sus seres queridos. Ella había perdido a sus padres y a su abuela de forma inesperada. Miró en silencio al hombre que estaba a su lado. El destino le había concedido una segunda oportunidad con Carter. ¿Se atrevería a tomarla? Sabía que sentía algo por él, ¿pero lo amaba? ¿Y volvería a sufrir por su causa?

Sabía que podía enamorarse de él fácilmente. ¿Podría mantener una relación con Carter sin dar la espalda egoístamente a su abuelo, como hizo su madre?

Le asustaba averiguarlo.

La sinceridad de la mirada de Phoebe anonadó a Carter.

¿Sería posible que hubiera estado equivocado todo aquel tiempo? Hasta que había ingresado en los marines había sido un joven con una baja autoestima. Nunca había dado la talla a ojos de su padre, y en todas las bases en que habían estado se había sentido el chico nuevo, el marginado. Cuando empezó a salir con Phoebe también había temido que acabara fijándose en sus imperfecciones. De hecho se había ido mentalizando para el fin de su relación desde el principio, y cuando este llegó, en realidad, no fue una sorpresa.

Su operación de seducción había empezado a hacer aguas por todas partes en cuanto Phoebe le había hecho aquella revelación. Había querido darle una lección, pero el que había recibido una lección había sido él. Phoebe no había sido la única que había cometido errores. Su falta de confianza en sí mismo también había contribuido en gran medida a su ruptura.

Necesitaba ir a algún sitio tranquilo en el que pensar con calma.

–Vámonos de aquí.

En aquella ocasión, Phoebe no protestó.

Debía olvidarse de la Operación Seducción, se dijo Carter mientras regresaban en taxi al hotel. ¿Cómo iba a ser capaz de hacer daño a Phoebe sabiendo que ya se sentía infeliz? Tenía la prueba de su infelicidad en las fotos que le había ido tomando desde su reencuentro, y lo único que en realidad quería era poder alejar aquella tristeza de su vida.

¿Qué había dicho Rick? Que acostarse con una mujer para tratar de quitársela de una vez de la cabeza solo haría que se le metiera aún más bajo la piel. Era cierto, pero él no había sido lo suficientemente listo como para escuchar la advertencia y había perdido la cabeza.

No pensaba despedirse de Phoebe sin tratar de que su relación funcionara. Pero su negocio y sus amigos estaban en Chapell Hill, y la vida de Phoebe giraba en torno a Capitol Hill y a su abuelo. Era un obstáculo, pero no insalvable.

Estaba totalmente convencido de que podía hacer feliz a Phoebe. Lo único que tenía que hacer era convencerla de que se fuera de Washington y de que dejara un trabajo que no le gustaba y a su abuelo detrás.

Ni el político más hábil podría haber disimulado la verdad. Phoebe entraba de nuevo en la encrucijada, desgarrada entre los dos hombres que más le importaban en el mundo.

Carter había creído que ella lo había traicionado, cuando durante todos aquellos años ella había creído que, al igual que sus padres, no la había querido lo suficiente como para permanecer a su lado.

¿Y dónde los dejaba aquello?

Consciente de la presencia de Carter a su espalda, dejó las fotos en la mesa del hotel.

Las dos semanas pasadas le habían demostrado que no había logrado borrar de su personalidad el egoísmo que había heredado. Debía distanciarse y recordar lo cerca que había estado de perderlo todo la última vez que se había enamorado de Carter y se había dedicado a pensar exclusivamente en sí misma. Amar de nuevo a Carter significaría abandonar a su abuelo en el momento más importante de su carrera, arriesgándose a que la rechazara y a perder la única familia que le quedaba.

Se volvió hacia Carter.

—Dame los negativos y dejaré de darte la lata para que puedas trabajar.

Carter negó con la cabeza.

–Los negativos no están aquí, y si no te quedas hasta el domingo estarás rompiendo el trato.

Era una situación sin salida. La vida de Carter y su empresa estaban en Carolina del Norte, cerca de sus amigos. Él no podía trasladarse y ella pasaba casi todo el año en D. C. No podía ayudar a su abuelo y mantener simultáneamente una relación con Carter.

–Carter…

–No pienso negociar eso, Phoebe.

Phoebe cerró los ojos un momento para tratar de calmarse.

–Entonces parecías más feliz.

Phoebe abrió los ojos y vio que Carter estaba mirando las fotos que había sobre la mesa.

–Entonces estaba rodeada de personas a las que amaba. Mis abuelos, tú… –tuvo que hacer un esfuerzo para contener las lágrimas–. ¿Y ahora qué vamos a hacer, Carter?

–Eso depende de ti.

–¿Qué quieres decir con eso?

Carter se arrodilló junto a la silla en la que estaba sentada Phoebe y la tomó de ambas manos. Ella se tensó al ver su sombría expresión.

–Me estoy enamorando de ti otra vez, Phoebe, y aunque aún no voy a pedirte que te cases conmigo, lo que hubiera entre nosotros hace doce años sigue ahí. Debemos intentarlo.

Se estaba enamorando de ella. El pulso de Phoebe se desbocó y apenas pudo respirar.

–Yo también siento algo por ti, Carter, pero no sé cómo podemos hacerlo funcionar.

Carter se irguió y tiró de ella para que se pusiera en pie. Luego la rodeó por la cintura.

–Primero debes decidir si estás dispuesta a intentarlo y luego decidir sobre tu futuro. Te quedas conmigo o con un trabajo que no te gusta.

Carter no lo sabía, pero acababa de dar voz a los peores temores de Phoebe.

–Me estás pidiendo que elija entre mi abuelo y tú.

–Te estoy pidiendo que salgas de la calle sin salida en la que te has metido y endereces tu vida. No eres feliz, Phoebe.

Phoebe apoyó las manos contra el pecho de Carter.

–Mi abuelo cuenta conmigo. Le prometí a mi abuela que permanecería a su lado mientras me necesitara, y ahora mismo me necesita.

–Le has concedido los últimos doce años de tu vida. ¿Cuánto tiempo más piensas perder trabajando para él?

–Yo no lo considero una pérdida de tiempo.

–En ese caso tenemos un problema.

Phoebe se apartó de Carter y se cruzó de brazos.

–No entiendes. Estoy en deuda con él.

–¿Por qué?

–Por hacerse cargo de mí cuando mis padres me abandonaron.

–Tus padres murieron. Él era tu pariente más cercano. Solo hizo lo lógico.

Phoebe nunca le había contado aquello a Carter porque odiaba admitir que había heredado algunos de los indeseables rasgos del carácter de su madre.

—Sí, pero mis abuelos se hicieron cargo de eso mucho antes de que mis padres murieran. Mi madre tenía la mala costumbre de hacer lo que le apetecía sin sopesar las consecuencias. Se escapó con mi padre contra el deseo de sus padres. Poco después de la boda mi padre perdió el trabajo y su apartamento. Como mi madre estaba embarazada de mí, mi abuela les ofreció alojamiento temporal con ellos. Pero la convivencia no fue fácil. Mi madre y mi abuelo discutían constantemente por la falta de ambición de mi madre. No quería trabajar ni volver a estudiar, y el abuelo la amenazaba a menudo con echarla si no se regeneraba. A mi me asustaban mucho sus discusiones. Yo no quería irme de casa de mis abuelos. Me sentía a salvo con ellos. Cuando tenía siete años escuché desde lo alto de la escalera una de sus discusiones. Mi abuelo dijo a mi madre que era una diva egoísta que solo pensaba en sí misma y le ordenó que se fuera y no regresara hasta que hubiera madurado. Mi madre le dijo que jamás volvería si madurar significaba convertirse en un charlatán como él. Mis padres se fueron esa noche y jamás volvieron. Su egoísmo destruyó a mi familia.

Carter estrechó a Phoebe entre sus brazos.

—No eres culpable de los errores de tus padres.

—No entiendes, Carter —dijo ella con lágrimas en los ojos—. Después de todo lo que ha hecho mi abuelo por mí no puedo dejarle creer que soy tan egoísta como mi madre.

Capítulo Nueve

El sonido del móvil hizo salir a Phoebe de su debate interno. Parpadeó y miró la pantalla del ordenador. No había logrado concentrarse en el trabajo mientras Carter estaba fuera.

Miró la pantalla del móvil y la boca se le secó.

–Hola, abuelo. ¿Has mejorado tus resultados jugando al golf?

–Quiero conocerlo –replicó su abuelo sin preámbulos.

–¿A quién? –preguntó Phoebe, aunque ya lo sabía.

–No creo que no sea alguien especial. Algo tiene que tener para que te hayas ido corriendo a Atlanta con él. Jamás has sido temeraria ni irresponsable. ¿Por qué él? ¿Por qué ahora?

Phoebe sí había sido temeraria e irresponsable antes, pero su abuelo no lo sabía.

–Sería un poco prematuro llevarlo a casa a conocer a la familia.

–Como bien sabes, tu madre se equivocó al elegir marido. Me gustaría asegurarme de que no vas a cometer el mismo error.

Phoebe sintió una punzada de culpabilidad.

–Tengo treinta años, abuelo. Soy demasiado

mayor para que tú te dediques a enmendar mis errores.

–Tu abuela habría querido conocerlo, asegurarse de que te conviene.

Phoebe suspiró. Su abuelo solía recurrir a aquello siempre que quería presionarla. Sabía que su rechazo a ser completamente sincera respecto a la profundidad de sus sentimientos por Carter, la última vez que los había presentado, había contribuido al final de su relación, pero aún no lo veía claro. Iba a tener que elegir entre uno y otro, y quería posponer lo más posible aquella dolorosa decisión.

–Tal vez dentro de una semana, si seguimos viéndonos.

Pero sospechaba que ese no iba a ser el caso.

El domingo por la tarde Carter se enfrentó al hecho de que por primera vez en tres años no estaba deseando volver a casa después de haber estado trabajando fuera de la ciudad.

Temía que el mundo real apartara de su lado a Phoebe.

Como si hubiera captado su inquietud, Phoebe había permanecido tensa y en silencio durante el trayecto del aeropuerto a casa de su abuelo. De pronto se irguió en el asiento del coche de Carter.

–Está en casa.

–¿Quién?

–Mi abuelo. Su coche está en la entrada. Se suponía que no iba a venir en varias semanas.

Carter se planteó sugerir que los presentara, pero no quería forzarla. A pesar de que los dos días anteriores no habían parado de hacer el amor, habían evitado hablar del tema.

«Paciencia», se dijo. «Muéstrale la vida que podría tener y ella misma decidirá dejar atrás su infelicidad». Pero no estaba tan seguro de tener éxito como antes de las revelaciones que le había hecho Phoebe el viernes. Parecía convencida de que debía pagar por los pecados de su madre.

Detuvo el coche junto a la acera y esperó instrucciones.

Phoebe lo miró con expresión desesperada. Luego miró la mansión de su abuelo. Finalmente, suspiró.

–De acuerdo. Vamos –dijo, resignada.

–¿Adónde vamos? –preguntó Carter, esperanzada a pesar de sí mismo.

Phoebe señaló la mansión con un gesto.

–A casa.

Carter ocultó su sentimiento de victoria mientras volvía a poner el coche en marcha. Aparcó junto a un Jaguar de época, salió y rodeó el coche para abrir la puerta de Phoebe. Le dolía la rodilla, como siempre que estaba tenso. Phoebe dudó antes de salir, como si estuviera haciendo acopio de todo su valor. Carter abrió el maletero del coche para sacar el equipaje y el portátil de Phoebe. Al oír que la puerta principal se abría a sus espaldas, sus músculos se contrajeron. Había llegado la hora de la verdad.

Se volvió lentamente para encararse con el hombre que se interponía entre Phoebe y él. Wilton Lancaster se hallaba en el umbral. No era un hombre especialmente grande ni fuerte, pero su porte imponía y exigía respeto. Junto a Carter, Phoebe parecía tan insegura y rígida como un nuevo recluta. Tras un momento de duda avanzó hacia las escaleras de entrada. ¿Sería aquel el funeral de su relación?

Carter la siguió. Phoebe se detuvo ante su abuelo y la sonrisa que curvó sus labios no alcanzó sus ojos.

–Abuelo, este es Carter Jones. Carter, mi abuelo, Wilton Lancaster.

–Nunca olvido un rostro –dijo el senador mientras sometía a Carter a una severa inspección. Como oficial que había sido, Carter estaba entrenado a no apartar la mirada cuando era retado. El senador iba a tener que esforzarse más si quería asustarlo.

–Supongo que eso es una ventaja en su trabajo –dijo a la vez que estrechaba la mano del senador.

–Nos hemos conocido antes.

–Sí, señor. Hace doce años, en Washington.

–Te quedas a comer –el tono del senador fue más una orden que una invitación.

Carter miró a Phoebe, que se humedeció nerviosamente los labios.

–Sí, por favor, quédate.

–En ese caso, gracias, señor. Acepto.

–Pasad –Lancaster giró sobre sus talones y entró en la casa. Una vez en el vestíbulo se volvió hacia Phoebe.

–Dile a Mildred que tenemos un invitado a comer.

Phoebe obedeció, reacia. El senador entró en una habitación que había a la izquierda y Carter lo siguió tras dejar las maletas a los pies de la escalera.

–Has llevado a mi nieta a Atlanta.

–Sí, señor.

Lancaster se acercó al mueble bar de la elegante sala de estar y sirvió whisky en dos vasos. Ofreció uno a Carter y luego se sentó tras un gran escritorio.

–¿Por qué? –preguntó sin invitarlo a sentarse.

Carter tomó un sorbo de su vaso.

–Tenía trabajo en Atlanta y no quería estar lejos de Phoebe.

–¿Qué clase de trabajo?

Carter sacó una de sus tarjetas y se la entregó al senador.

–Instalar un programa de seguridad en una red de ordenadores.

Phoebe entró en aquel momento. Parecía acalorada, como si se hubiera dado mucha prisa en volver.

–Mildred quiere que pasemos ya al comedor.

Lancaster los guio y ocupó la cabecera de una larga mesa rectangular. Phoebe se sentó a su derecha y Carter a su izquierda. Unos momentos después la cocinera sirvió el primer plato.

121

–Gracias, Mildred –Phoebe se volvió hacia su abuelo.

–¿Cómo ha ido tu viaje?

Lancaster frunció el ceño.

–Ha llovido y Daniel tuvo que irse el viernes porque se puso malo. Ya que no podíamos hacer nada, decidí volver –jugueteó con la ensalada que tenía en su plato–. Esto es comida para conejos. Quiero un bistec.

–El médico ha dicho…

–Ya sé lo que ha dicho –el senador apartó su plato y miró a Carter–. Sin duda ya sabrás que Phoebe me escribe los discursos y hace de anfitriona para mí. Cuando sea elegido presidente seguirá cumpliendo esas misiones. Mis electores ya han expresado su deseo de que ocupe mi puesto en el senado cuando yo deje la Casa Blanca.

Phoebe estuvo a punto de atragantarse, pero no dijo nada.

–¿Ha preguntado a Phoebe si quiere ser senadora? –preguntó Carter.

Lancaster le dedicó una mirada imponente.

–La familia Lancaster lleva más de un siglo sirviendo a este país. Phoebe cumplirá con su deber.

–Para eso quedan muchos años, abuelo. Centrémonos primero en la campaña que se avecina.

Carter apretó los dientes. Su futuro con Phoebe dependía de que ella dijera lo que pensaba.

El senador golpeó la mesa con el puño.

–No pienso permitir que mi nieta se vea expuesta a cotilleos desagradables, y cualquier hombre que se relacione con ella debe estar por encima de todo reproche.

–Lo único que me preocupa es el bienestar de Phoebe, señor. ¿Y a usted?

La mirada del senador se oscureció visiblemente.

–Conozco a mi nieta mejor que tú, muchacho, y sé lo que le conviene.

«Muchacho». Aquello hizo que Carter recordara las discusiones con su padre y estuvo a punto de replicar con dureza, pero se mordió la lengua. Aquella no era su batalla. Era la batalla de Phoebe. Esperaba que tuviera valor para llevarla a cabo. De lo contrario, su relación sería la primera víctima.

Phoebe acompañó a Carter al coche deseando que acabara de una vez aquella tarde.

Lo amaba.

Por una parte deseaba refugiarse en su cuarto a rumiar sobre sus sentimientos, y por otra deseaba subir al coche y marcharse con él, pero ninguna de las opciones era viable. No podía esconder la cabeza en la arena ni huir.

–Tienes que decirle que no eres feliz, Phoebe.

–No puedo hacerlo ahora mismo. El abuelo tiene que centrarse en la campaña.

–¿Y qué vas a hacer? ¿Esperar a que pierda las elecciones y se retire? Si sucediera eso, querría que te presentaras al senado dentro de dos años. Debes empezar a controlar tu vida cuanto antes.

Phoebe ya estaba cansada de tanta tensión y no quería discutir con Carter.

–Hablaré con él. Pero en su momento –no quería tener que elegir, porque elegir significaba perder. Tenía que haber otro modo de resolver aquello.

Carter había sido respetuoso, pero no se había amilanado ante su abuelo, y no había mencionado en absoluto el pasado de su relación ni sus proyectos actuales. La estaba protegiendo y trataba de ayudarla.

Carter sacó una llave de su llavero y se la entregó.

–Esta es la llave de mi casa. Ven a verme mañana por la tarde. Estaré en casa sobre las cinco. Si llegas antes, entra sin ningún problema –guiñó un ojo–. Me encantaría encontrarte esperándome en la cama.

Phoebe sonrió.

–Me encantaría, pero no puedo prometerte nada.

–Eres tú la que ha elegido ir a por los negativos mañana, y no esta noche, ¿recuerdas?

–Sí.

Carter sacó una tarjeta de su cartera.

–Esta es la clave de la alarma. Márcala en cuanto entres. Hasta mañana –dijo antes de pasar un brazo por la cintura de Phoebe para atraerla hacia sí y besarla.

Phoebe absorbió el calor de su cuerpo y la pasión de su beso. Aquello le hacía sentirse viva y llena de esperanza. ¿Cómo iba a vivir sin aquello, sin él? Debía encontrar algún modo de compaginar su relación con su abuelo y su futuro con Carter. Pero no sabía cómo.

El lunes, el insistente sonido del teléfono despertó a Phoebe a las cinco de la mañana. El senador no recibía llamadas tan temprano a menos que hubiera alguna crisis o alguna noticia especial. En cualquier caso, aquello suponía trabajo para ella.

Mientras tomaba una rápida ducha, decidió que debía hablar con su abuelo para explicarle lo que sentía por Carter y respecto a su trabajo, aunque aún no sabía con exactitud cómo iba a decírselo. La papelera de su cuarto estaba llena de borradores descartados en los que había tratado de aclarar sus ideas.

Mildred se volvió hacia ella en cuanto la oyó entrar en la cocina.

–El senador quiere verte de inmediato.

–¿Antes del desayuno? ¿Qué ha pasado?

La expresión preocupada de Mildred hizo que se le encogiera el estómago.

–Ve a verlo.

–¿Sucede algo malo?

–Ve.

Mildred llevaba más de veinte años trabajando para los Lancaster y sabía tanto como Phoebe sobre el mundo de la política

Phoebe encontró a su abuelo en el estudio, con los siete periódicos a los que estaba suscrito apilados ante él. Estaba hablando por teléfono y la tensión de su rostro hacía que pareciera diez años mayor.

Lancaster concluyó su llamada en cuanto la vio.

–¿Qué sucede? –preguntó Phoebe preocupada.

Su abuelo tomó uno de los periódicos y se lo entregó sin decir nada. En el centro de la primera página estaba reproducida la foto en la que ella aparecía sentada sobre el regazo de Carter, totalmente desnuda.

»El escandaloso secreto de la empleada del senador», decía el titular.

A punto de desmayarse, Phoebe tuvo que sentarse en la silla más cercana. ¡Cielo santo! ¿Quién? ¿Cómo? ¿Por qué? Las preguntas se amontonaban en su cabeza. Para perjudicar la campaña de su abuelo, por supuesto. Sintió ganas de vomitar a causa de la vergüenza. El artículo argumentaba que si el senador no podía controlar a su propia nieta, tampoco podía dirigir el país. El autor del artículo también mencionaba las indiscreciones de la madre de Phoebe.

Phoebe miró a su abuelo, cuya expresión era una mezcla de decepción y dolor.

Aquella era la foto que Carter le había dado el primer día. Ella no fue capaz de romperla y la había escondido en su mesilla de noche, donde había comprobado que seguía. Carter debía haber hecho una copia.

–Puedo explicarlo.

–¿Es eso lo que has estado haciendo en Atlanta?

–No. Esa foto tiene doce años.

–¿Ese es Jones?

–Sí. Carter y yo fuimos amantes durante mi primer año en la universidad –ya no tenía sentido seguir ocultando la verdad.

–¿Quién es el fotógrafo? ¿Y hay más fotos?

–Carter tomó la foto con el disparador automático. Y sí hay más fotos.

Lancaster suspiró.

–Estoy muy decepcionado contigo, Phoebe. Creía que no habías heredado el egoísmo de tu madre. Tu abuela se habría sentido escandalizada por tu comportamiento.

–No sé cómo han podido tener acceso a esas fotos –dijo Phoebe, mortificada–. Solo Carter y yo tenemos acceso a ellas.

–En ese caso, tu amante te ha traicionado.

Phoebe sintió una punzada en el pecho. No podía creer que Carter le hubiera hecho daño deliberadamente. Alguien debía haber encontrado la foto.

–Él no haría algo así.

–He convocado una reunión a las nueve. Hay que preparar un comunicado de prensa. Tendrás que explicar que esto fue una locura de juventud, aunque no creo que eso baste para excusarte.

–Estaba enamorada de Carter.

–Eso es irrelevante. Las fotos son pornográficas.

–No lo son –protestó Phoebe–. Reconozco que

son eróticas, pero se vería aún más si llevara un bi-
quini.

–Los votantes no estarán de acuerdo con eso.
Esto perjudicará la campaña presente y cualquier
otra en que estés implicada. ¿No se te había ocu-
rrido pensar en ello? –preguntó su abuelo con aspereza.

Phoebe sentía que su mundo se desmoronaba a
su alrededor.

–Sí. Por eso busqué a Carter. Quería recuperar
las fotos. Se supone que voy a recoger los negativos esta noche.

–Ve a por ellos ahora.

–Pero la reunión…

–Tú has causado el problema, Phoebe. Te infor-
maremos de la solución que encontremos. Espero
contar con tu plena cooperación.

–Sí abuelo. Iré a por los negativos.

¿Pero qué sentido tenía hacerlo? El daño ya estaba hecho. Su secreto había salido a la luz.

Capítulo Diez

Phoebe no podía creer que Carter la hubiera traicionado. Pero si no había sido él, ¿quién lo había hecho? Alguien debía haber robado su copia de la foto. Pero el hecho de que Carter hubiera hecho otras copias sin decírselo no dejaba de zumbar en su conciencia como un molesto mosquito.

Carter no contestó en su casa ni en su móvil y finalmente llamó a su oficina, donde le pusieron con su secretaria.

–Necesito hablar urgentemente con el señor Jones.

–Lo siento, pero en este momento está hablando por teléfono y no puedo molestarlo. ¿Quiere dejarle algún recado?

–Dígale que ha llamado Phoebe y que necesito adelantar nuestra cita de la tarde. Cuanto antes pueda verlo, mejor. ¿Puede pedirle que me llame en cuanto reciba el mensaje?

Veinte minutos después detenía el coche ante la casa de Carter. No podía esperar a hacerse con los negativos. Debía encontrarlos y destruirlos.

La idea de entrar en casa de Carter sin él no le agradaba. «Te ha invitado y te ha dado la llave. Adelante», se dijo para darse ánimos. De manera que sacó la llave, entró, y pulsó el código de seguridad como le había dicho. Esperaba que los negativos estuvieran en el mismo lugar que las fotos. Avanzó hacia el dormitorio principal y de detuvo en el umbral de la entrada, reacia a ponerse a rebuscar. Pero debía hacerlo. ¿Por dónde empezar? Respiró profundamente mientras miraba a su alrededor.

Una gran cama de matrimonio dominaba el centro de la habitación.

«Me encantaría encontrarte esperándome en la cama», había dicho Carter. Phoebe parpadeó para alejar la imagen de su mente.

En una estantería que se hallaba en un rincón había una hilera de álbumes de fotos como la que había visto cuando comió allí con Carter y sus amigos. Cruzó la habitación y tomó el primero, que contenía fotos de Carter cuando era pequeño y de sus padres. El siguiente volumen era el que había visto con Lynn y Lily durante la comida. Otro contenía fotos de Carter en los marines. Pero en ninguno de ellos estaban los negativos que buscaba.

Miró a su alrededor, frustrada, y empezó a revisar todos los lugares. Estaba a punto de empezar a abrir cajones cuando sonó su móvil. Al ver que era Daniel quien llamaba hizo una mueca de disgusto.

–Hola.

–Ya hemos elaborado una estrategia. Tienes que venir.

–Estoy en Chapel Hill. Tardaré más o menos tres cuartos de hora en llegar.

–Vamos a empezar a preparar el comunicado de prensa. Esta vez sí que la has fastidiado, Phoebe. Puede que tu abuelo no te perdone –dijo Daniel, y a continuación colgó.

Phoebe se llevó una mano al corazón, que parecía haberse desbocado en su pecho. Debía resolver bien aquel asunto para obtener el perdón de su abuelo.

Pero antes de irse tenía que dejar una nota para Carter explicándole todo el asunto. Miró a su alrededor en busca de algo donde escribir y no vio nada. Entonces recordó un bloc de notas que había visto en la cocina, junto al mircroondas. Una vez en la cocina no encontró el bloc donde esperaba, pero al abrir un cajón encontró un cuaderno con un bolígrafo. Fue a sentarse mientras redactaba mentalmente la nota. Estaba buscando una hoja vacía en la que escribir cuando las palabras que vio anotadas en la última página le hicieron detenerse en seco.

Operación Seducción.
Objetivo: enseñar a Phoebe lo que se siente al ser utilizado y luego abandonado.
Estrategia:
Suavizar.
Seducir.
Sayonara.
Modus Operandi: *velas, paseo en bici., museo, partido…*

Tuvo que sujetarse a la mesa para no desmayarse allí mismo. Las lágrimas nublaron sus ojos, pero no necesitaba leer más para saber que Carter se la había jugado. Se había estado vengando de ella.

De pronto se sintió sucia y estúpida. Mientras ella volvía a enamorarse, Carter había estado planeando su caída con precisión militar. Durante el trayecto hasta allí se había devanado los sesos preguntándose quién podía haber enviado la foto a la prensa. Carter no estaba en la lista, pero después de lo que acababa de ver, ya no le quedaba ninguna duda de que había sido él. Y lo había hecho para hacerle daño.

La rabia sustituyó rápidamente al dolor y la humillación. Tomó el bolígrafo y encima de la lista escribió «eres un miserable». A continuación dejó la llave sobre el revelador documento.

Sus padres la habían utilizado para seguir en casa de sus abuelos.

Daniel la había utilizado para acceder a su abuelo.

Carter la había utilizado para vengarse.

Respiró profundamente. Estaba harta de ser una marioneta en manos de otros. Aquello se había terminado.

Su teléfono sonó. Miró la pantalla y vio que era Carter. Bloqueó el teléfono. No tenía nada más que decir al hombre que le había roto el corazón en dos ocasiones. El abogado de su abuelo se ocuparía de hablar con él.

«Eres un miserable». Carter vio el mensaje de Phoebe en cuanto entró en la cocina. Maldijo en voz alta. No era de extrañar que no hubiera respondido a sus llamadas.

¿Cómo podía creer que la había traicionado? Pero después de ver lo que había escrito, ¿qué otra cosa podía haber pensado?

Pero no pensaba quedarse cruzado de brazos como la primera vez que perdió a Phoebe. Iría a por ella y le explicaría lo sucedido. Además, debía averiguar quién había filtrado la foto a la prensa. ¿Habría sido la propia Phoebe para librarse de las cadenas que la ataban a su abuelo? Sin duda, ese sería un buen camino para librarse de un trabajo que no le gustaba. Pero no le parecía muy probable que Phoebe hubiera hecho algo así.

Al llegar al despacho aquella mañana había visto la foto y había tenido que pasar dos horas al teléfono tranquilizando a diversos clientes que de pronto habían empezado a dudar de su credibilidad.

Debería haber llamado a Phoebe de inmediato, pero no habría sabido qué decir.

Retiró los negativos del compartimento secreto que había tras la cómoda de su cuarto y volvió al coche. Treinta minutos después lo detenía ante la casa del senador Lancaster.

Mildred le abrió la puerta con cara de pocos amigos.

–¿Qué quiere?

–Ver a Phoebe.

–No está.

–Su coche está aparcado ahí mismo. Dígale que le traigo los negativos.

Mildred le cerró la puerta en la cara.

Carter esperó un momento, sin saber si habría ido a avisarla. Al ver que no salía nadie, decidió rodear la casa para buscar otra puerta. Estaba a punto de hacerlo cuando la puerta principal volvió a abrirse para dar paso al senador y a otro hombre.

–Quiero hablar con Phoebe –dijo Carter.

–Phoebe no quiere verte, Carter. Este es mi abogado, Roger Kane. Puedes hablar con él y entregarle los negativos.

–No. Solo se los daré a Phoebe.

Tras murmurar unas palabras a su abogado, el senador se apartó de la puerta para que Carter entrara. Una vez dentro, este miró al senador a los ojos.

–Amaba a su nieta hace doce años y la amo ahora. Jamás haría nada que pudiera perjudicar a Phoebe. Yo no envié la foto a la prensa.

–Si estás mintiendo, te arrepentirás, Carter. Yo, personalmente, me ocuparé de que…

–Senador… –advirtió el abogado.

Lancaster asintió y señaló una puerta tras Carter.

–Espera en el cuarto de estar. Voy a avisar a Phoebe.

Carter aguardó caminando impacientemente de un lado a otro. Su negocio sobreviviría al escándalo, ¿pero qué pasaría con su relación?

Oyó un sonido y al volverse vio a Phoebe en el umbral de entrada. Tenía los ojos enrojecidos y estaba muy pálida.

—Di lo que tengas que decir y márchate —dijo, dolida.

—Cierra la puerta.

Phoebe hizo lo que le pidió Carter, pero no se apartó de la puerta.

—Te dije que jamás utilizaría las fotos para perjudicarte.

—¿Y crees que entregar una a la prensa no me ha perjudicado?

—¿Has asumido de inmediato que he sido yo el que ha filtrado la foto? —preguntó Carter, dolido.

—No, hasta que he visto las notas de tu «Operación Seducción».

Carter se acercó a Phoebe.

—Yo no he filtrado la foto. ¿Has sido tú?

Phoebe no ocultó su sorpresa.

—¿Yo? ¿Y por qué iba a hacer algo así?

—Porque no tienes el valor necesario para decirle a tu abuelo que eres infeliz y que quieres irte de Washington. Sería una forma de librarte.

Las mejillas de Phoebe se acaloraron visiblemente.

—No trates de echarme la culpa. Tú has filtrado la foto para forzarme. La última vez elegí a mi abuelo en lugar de a ti y has querido vengarte.

Querías que me enamorara de ti para luego dejarme plantada.

La acusación se parecía demasiado al plan original de Carter. Había sido un estúpido.

–Tienes razón, Phoebe. Quería hacerte daño. Pero volví a enamorarme de ti y no fui capaz de seguir adelante con mi plan.

–¿Y esperas que me crea eso? Me llevaste a Atlanta con la exclusiva intención de meterme en tu cama. Y yo caí estúpidamente en la trampa. Supongo que ya no tendrá ningún sentido que te pida los negativos o el resto de las fotos. Además, los escáner han hecho que los negativos queden obsoletos.

Carter le entregó el sobre con los negativos.

–No he hecho copias ni los he escaneado. Los tiene todos.

Phoebe tomó el sobre y lo apoyó contra su pecho.

–No te creo.

–La semana pasada te di la única copia que había de la foto que se ha publicado. Yo no la he filtrado, lo que significa que, o lo has hecho tú, o alguien que tiene acceso al lugar en donde la has guardado.

Phoebe pareció dudar por un momento, pero finalmente negó con firmeza.

–Eso es imposible. Tratas de librarte. Te advierto que si aparecen más fotos nos veremos en el juzgado. No tenemos nada más que decirnos.

Phoebe se volvió, abrió la puerta y salió prácticamente corriendo de la habitación. Carter trató de seguirla, pero el senador y el abogado se interpusieron en su camino. Por lo visto habían permanecido junto a la puerta mientras hablaba con Phoebe.

–¿Dice Jones la verdad? –preguntó el abuelo de Phoebe desde la puerta del dormitorio de esta.

Phoebe se llevó una mano a la sien.

–No es posible. Yo tenía la foto en mi mesilla de noche, y la única que entra aquí aparte de mí misma es Mildred, que es prácticamente de la familia. Jamás haría algo así. Solo puede haber sido Carter.

El senador se acercó a su nieta y la tomó de la mano.

–Me refería a si dice la verdad respecto a que no eres feliz en Washington.

Phoebe frunció el ceño.

–¿Has estado escuchando a escondidas?

–Roger ha pensado que debíamos hacerlo por si Jones te amenazaba.

Phoebe enlazó su mano con la de su abuelo y lo miró a los ojos.

–Cuando murió la abuela parecías perdido, y yo me sentí perdida. Nadie me obligó a cambiar de universidad, y nadie me obligó a especializarme en estudios gubernamentales. Elegí esa especialidad porque quería ayudar. Ser la redactora de tus discursos y tu anfitriona es un trabajo excitante.

Conozco a mucha gente interesante y viajo mucho. No lamento trabajar contigo y la posibilidad de pasar tiempo contigo es un lujo. Eres toda la familia que me queda, abuelo. Te quiero y apoyo de todo corazón tu carrera política. Podrás contar conmigo mientras me necesites.

–Pero esta no es la vida que querías para ti cuando salías con Jones –dijo el senador.

–Entonces era muy joven y, como mamá, no había terminado mis estudios. Sabía que no aprobarías mi relación con Carter, de manera que te lo oculté y le hice daño. Cuando te lo presenté como un simple compañero de clase, pensó que me avergonzaba de él y de nuestro amor, y me dejó. El día que lo conociste fue la última vez que lo vi hasta hace dos semanas, cuando fui a pedirle que me devolviera las fotos. Es evidente que me guardaba rencor y ahora ha tratado de ajustarme las cuentas.

–¿Sigues queriéndolo?

Sí, seguía queriéndolo, pero Phoebe no estaba dispuesta a reconocerlo.

–Eso ya da lo mismo. Jamás podría fiarme de un hombre que me ha traicionado.

–¿Y crees que ese hombre del que te has enamorado dos veces es la clase de hombre capaz de hacer daño a la mujer que ama?

–¿Y quién si no podría haber filtrado al foto a la prensa?

El senador permaneció un momento pensativo.

–No lo sé, pero lo averiguaremos –se acercó de

nuevo a la puerta. Antes de salir se volvió hacia su nieta con expresión entristecida–. Una de las cosas que compartimos los Lancaster es nuestro valor para seguir nuestras pasiones al margen de los obstáculos con que nos topemos en el camino. Mi pasión es la política. La de tu madre era el amor por tu padre. Desafortunadamente, yo fui el obstáculo de Gracie. Odio los obstáculos. Y odio aún más ser uno.

A continuación salió del dormitorio, dejando a Phoebe perpleja. ¿Qué había querido decir? ¿La estaba llamando cobarde por no haber dicho la verdad doce años atrás? Si era así, no habría hecho falta que se molestara. Ella misma no paraba de recriminarse por ello.

–El senador Lancaster quiere verte, Carter –dijo Jes por el interfono.

Carter sintió que su pulso se aceleraba. Guardó en un cajón el contrato en el que trataba de concentrarse. En los tres días transcurridos desde que había saltado el escándalo, el equipo del senador había descartado la foto como una indiscreción juvenil. Carter se había negado a comentar las preguntas de los periodistas.

–Que pase –dijo a la vez que se levantaba.

El senador entró un instante después, dejó un montón de papeles sobre el escritorio de Carter y miró a este a los ojos.

–Tu padre es el teniente general Victor Jones.

139

–Sí, señor –contestó Carter, aunque no entendía qué podía tener que ver aquello con nada.

–Ayer hablé con él. Dice que posees experiencia militar, que eres el mayor experto del país en informática legal y que los marines lamentaron perderte. Vic me ha asegurado que eres demasiado íntegro como para hacer algo como lo de la foto.

Las palabras del senador dejaron mudo a Carter, algo que no solía suceder con demasiada facilidad. Su padre jamás se había mostrado orgulloso por sus logros y se sintió muy decepcionado cuando tuvo que abandonar el ejército.

–La foto fue enviada electrónicamente al periódico –continuó el senador–. Si eres tan bueno como dice tu padre siguiendo pistas informáticas, atrapa al hombre que ha hecho daño a mi nieta.

¿Significaba aquello que el senador ya no sospechaba de él? ¿Y qué pensaría Phoebe?

–¿De qué servirá hacerlo? La prensa ya ha olvidado la historia.

–Tengo un traidor en mi equipo y quiero saber quién es. Pagaré el doble de lo que cobras por tus servicios.

Un traidor. Carter trató de contener su rabia. Si alguien había hecho daño a Phoebe, lo encontraría y lo pagaría.

–No quiero su dinero, señor. Deseo atrapar a quien haya hecho esto tanto como usted.

–Cuentas con la cooperación de todo mi equipo para tu investigación. Mi número privado está en la primera página. Utilízalo cuando tengas algo de qué informarme –Lancaster se volvió antes de salir–. Tienes un aspecto terrible, Jones, y lo mismo le sucede a Phoebe. Resuelve el asunto.

La puerta se cerró tras él, mientras Carter sentía que una descarga de adrenalina recorría sus venas. El senador le había encargado una misión y pensaba cumplirla.

¿Pero no sería ya demasiado tarde?

–Mi pastel de zanahorias se va a caer si no borras esa expresión de tristeza de tu cara –dijo Mildred a Phoebe durante el desayuno del viernes por la mañana.

Phoebe forzó una sonrisa.

–Lo siento.

Nunca había podido engañar a Mildred. Y era tan imposible que Mildred hubiera filtrado la foto como que lo hubiera hecho Carter. Había visto la verdad en sus ojos. Durante los cuatro días pasados se había esforzado por mantenerse enfadada con él, pero había sido un esfuerzo inútil. Finalmente había admitido lo que su corazón había sabido todo el rato: que Carter no había filtrado la foto. Pero si no había sido él, ¿quién lo había hecho? ¿Quién podía ganar algo logrando que tuviera un enfrentamiento con su abuelo?

Repasó mentalmente la lista que había elaborado y tan solo quedó un nombre en ella. Pero si lanzaba una acusación en falso corría el riesgo de que su abuelo no volviera a confiar nunca más en ella.

—Siempre podrías llamarlo —dijo Mildred, haciendo salir a Phoebe de su ensimismamiento.

—¿A quién?

—Ya sabes a quién.

Carter. Phoebe quería rogarle que le diera una segunda oportunidad, pero temía que le diera con la puerta en las narices.

—No. Tengo que disculparme, y eso hay que hacerlo en persona.

—En ese caso puedes hablar con él esta misma mañana. Tiene una cita a las once con el senador.

Phoebe permaneció un momento pensativa.

—¿Vino alguien a casa mientras el senador y yo estuvimos fuera, Mildred?

—El hombre que dice amén a todo lo que dice tu abuelo vino el viernes por la tarde a recoger unos papeles para tu abuelo. Dijo que era algo que habías olvidado —Mildred no se molestó en ocultar su desprecio por el empleado del senador que menos le gustaba—. Yo estaba ocupada en la cocina y dejé que se ocupara él mismo de recogerlos.

Sus palabras confirmaron las sospechas de Phoebe.

—Gracias, Mildred. Será mejor que me prepare para la reunión.

Capítulo Once

Carter estaba furioso. Ya tenía un nombre, pero quería la cabeza del culpable.

Mildred le hizo pasar al estudio del senador, que se levantó al verlo entrar.

—¿Tiene la prueba?

—Sí, señor. Fue…

—Todavía no. Esperaremos a que los demás se reúnan con nosotros.

Carter miró su reloj. Necesitaba hablar con el senador sobre su nieta cuanto antes. Sacó un montón de fotos de su bolsillo y las extendió sobre el escritorio. Tres docenas de sonrisas de Phoebe los deslumbraron como rayos de sol.

—No tengo conexiones políticas, senador, y nunca he pisado un club de campo. Puede que no sea el hombre que usted hubiera elegido para su nieta, pero sé que puedo hacer feliz a Phoebe. Y no tengo ninguna posibilidad de hacerlo sino cuento con su bendición.

El senador contempló las fotos con expresión pensativa.

—Son fotos del semestre que pasó en la universidad de Carolina.

—La mayoría. Algunas son del primer semestre

en Georgetown. Estas son de la semana pasada —Carter señaló las más recientes.

Lancaster lo miró a los ojos.

—Puede que tengas razón, Jones. Pero es Phoebe quien tiene que decidir y, hasta que renuncie, su trabajo está en Washington.

—Estoy trabajando en ello, señor y, sin afán de ofenderlo, quiero que sepa que tengo intención de robarle a su empleada más valiosa.

El senador recogió las fotos y las guardó en un cajón del escritorio.

—Eres libre de intentarlo.

Carter asintió ante el evidente reto.

Una llamada a la puerta precedió a la entrada de Phoebe en el despacho. Estaba preciosa con un vestido amarillo que se ceñía a todas sus curvas. Llevaba el pelo suelto y su sonrisa hizo que las esperanzas de Carter se reavivaran. La autoritaria voz del senador le hizo apartar la mirada de ella.

—Creo que aún no conoces a mi asistente personal, Jones. Daniel Wisenaut. Daniel, Carter Jones.

¿Aquel niño bonito había sido el amante de Phoebe? Carter tuvo que esforzarse para controlar sus celos… y para no triturar los dedos de Daniel cuando estrechó su mano.

—Sentaos, por favor —Lancaster señaló el sofá para que Carter se sentara junto a Phoebe y él ocupó una silla junto a Daniel, al otro lado de la mesa—. Hace unos días pedí a Carter que investigara el envío de la foto a la prensa —explicó antes de volverse hacia Carter—. ¿Qué has averiguado?

Carter notó la inquietud de Wisenaut mientras abría su cartera.

–Muy pocos de los delitos en Internet son cometidos por profesionales. La mayoría son perpetrados por aficionados que no saben lo suficiente como para cubrir su rastro. Este ha sido especialmente fácil de resolver –dejó una copia de un correo electrónico en la mesa–. La foto fue escaneada y enviada al periódico a través de un correo electrónico. Esa es una de sus señas de correos en Internet, ¿no, Wisenaut?

El asistente del senador se puso pálido.

–Yo no envié ese correo. Alguien ha debido jugármela. Jamás haría nada que pudiera poner en peligro la carrera del senador.

Carter apretó los dientes.

–Pero sí que harías algo para perjudicar a Phoebe, algo como decirle al senador que es gay para no cargar con las culpas cuando ella rompió vuestro compromiso al descubrir que la estabas utilizando para llegar a la Casa Blanca.

–¿Por qué tratas de cargarme con la culpas? A fin de cuentas, si la apuesta por la presidencia del senador fracasara, me quedaría sin empleo.

–Mis fuentes dicen otra cosa. Has pretendido ensuciar el nombre de Phoebe para que el senador te eligiera en lugar de ella para ocupar su puesto en el senado –Carter dejó un segundo documento sobre la mesa–. Deberías acostumbrarte a apagar tu ordenador cuando no lo estás usando, o al menos a utilizar alguna protección. He podido acceder a tus archivos en cuestión de minutos. He encontrado en tu disco duro esta carta en la que solicitas apoyo financiero para la siguiente campaña por el senado.

Wisenaut permaneció en silencio.

El senador estaba furioso.

—¡Es vergonzoso!

Carter dejó otro montón de papeles en la mesa.

—Aquí está la base de datos relacionada con la solicitud de financiación. El nombre del archivo es Lista de Contribuyentes Leales, senador.

—¡Roger! —bramó el senador—. Entra.

El abogado de Lancaster entró al instante. Era obvio que estaba esperando junto a la puerta.

—Daniel es el responsable de la filtración.

—No, senador —protestó Wisenaut—. He sido un empleado leal durante años. No puede fiarse de Jones. Tomó fotos pornográficas de su nieta. Además, yo estaba con usted en la playa cuando se produjo la filtración.

—Yo creo a Carter —dijo Phoebe, y todos se volvieron a mirarla—. Daniel le dijo al abuelo que estaba enfermo y se fue de la isla el viernes por la mañana. Mildred me ha dicho que Daniel vino aquí el viernes por la tarde a recoger un documento que faltaba. Yo te había enviado el archivo que me pediste desde Atlanta el jueves por la noche, abuelo, la noche que Daniel descubrió que estaba con Carter. No faltaba ningún documento. Y Daniel pudo moverse libremente por la casa porque Mildred estaba ocupada. No sé qué buscaba, pero encontró la foto.

Carter cubrió una mano de Phoebe con la suya.

–¿Aún la conservas?

Ella enlazó sus dedos con los de él.

–Está en mi mesilla de noche. Lo comprobé en cuanto regresé de Atlanta.

–¿Crees que estarán sus huella en ella?

–Eso es lo primero que voy a hacer investigar a la policía –dijo el abogado.

Daniel se puso en pie de un salto.

–¡Esto es una trampa!

–Cállate, Wisenaut –dijo el senador, que a continuación se levantó y ofreció su mano a Carter–. Gracias, Jones. Creo que Phoebe y tú tenéis unas cuantas cosas que resolver. Roger y yo nos ocuparemos de lo demás.

Carter siguió a Phoebe fuera del estudio.

–Phoebe…

–Carter…

Phoebe alzó una mano.

–Yo primero. Necesito arrodillarme a tus pies. Pero no aquí.

Una sonrisa curvó los labios de Carter e iluminó sus ojos.

–Entonces, ¿dónde?

–Sígueme –Phoebe salió de la casa por una puerta trasera y condujo a Carter hasta la casita de invitados que había más allá de la piscina–. Este solía ser mi escondite favorito –dijo, nerviosa.

–¿Cuando eras una niña? –Carter miró a su alrededor y detuvo la mirada en la escaleras que llevaban a la planta de arriba.

–Sí.

–¿Solías tener que esconderte a menudo?

–Sólo cuando mis padres discutían entre sí o con el abuelo. Creo que mi temor a las discusiones es el motivo por el que ahora me dedico a escribir discursos. Así puedo repasar una y otra vez las palabras hasta que estoy segura de que suenan bien y no pueden ser malinterpretadas –los ojos de Phoebe se llenaron de lágrimas–. Siempre me he esforzado por no decir nunca nada de lo que pudiera arrepentirme, pero a ti te he dicho cosas odiosas y me gustaría poder retirarlas.

Carter alzó una mano y frotó una solitaria lágrima de la mejilla de Phoebe.

–No dijiste nada que no tuvieras derecho a decir. La Operación Seducción era un intento deliberado de meterte en mi cama –al ver que Phoebe se ponía pálida y estaba a punto de decir algo, Carter apoyó un dedo sobre sus labios–. Deja que te explique por qué –murmuró a la vez que le desabrochaba el primer botón del vestido–. Quería asentarme, tener una familia y echar raíces, todas las cosas de las que hablamos hace doce años –continuó mientras le desabrochaba el segundo botón–. Por eso compré la casa en que vivo. Sawyer, Rick y yo formamos nuestra propia familia, una hermandad extraoficial.

Phoebe estaba teniendo dificultades para concentrarse en las palabras de Carter. Apoyó sus manos sobre las de él para detenerlo.

–¿Qué estás haciendo?

Carter sonrió.

—Ayudarte a que te arrodilles a mis pies. Pero preferiría que lo hicieras desnuda.

Phoebe trató de reprimir una risita.

—Estás volviendo a hacerlo.

—¿Qué?

—Distraerme de mis problemas. También solías hacerlo hace doce años. A veces, estar contigo era lo único que me permitía mantener la cordura.

—¿Quieres que pare?

—No. Solo quiero que sepas que soy consciente de lo que estás haciendo y que te lo agradezco. Siempre lo he hecho. Siento haberte interrumpido. Sigue, por favor.

—No podía imaginar una mujer con quien compartir mi hogar que no fueras tú. Y eso me fastidiaba —Carter terminó de desabrochar los botones del vestido y se lo quitó por encima de los hombros.

Phoebe permaneció ante él, vestida con la única ropa interior ligeramente fantasiosa que poseía, un juego de braguitas y sujetador de encaje amarillos que había comprado específicamente para aquel vestido, pero que no había llegado a ponerse nunca… hasta aquella mañana.

La hambrienta mirada de Carter fue su recompensa.

—Eres aún más guapa ahora que antes. Recuérdame que quiero que te humilles ante mí más a menudo —parpadeó y movió la cabeza—. Y ahora, ¿por dónde iba? —murmuró mientras deslizaba las manos tras Phoebe para soltarle el sujetador—.

Cuando regresaste para recuperar las fotos y destruir nuestro pasado, quise castigarte por haber sido capaz de olvidarme.

—Jamás… te olvidé —dijo Phoebe con voz temblorosa mientras él le bajaba las braguitas.

Cuando Carter se irguió, ella no pudo evitar disfrutar al ver su expresión celosa.

—Ibas a casarte con Wisenaut.

Phoebe hizo una mueca, lamentando haber sido tan estúpida, pero agradecida por haber sido lo suficientemente lista como para cancelar su compromiso.

—Me sentía culpable porque no quería presentarme al senado. Supongo que vi a Daniel como un posible premio de consolación para mi abuelo. Pero no sabía hasta qué punto se dejaría llevar por su ambición.

Phoebe se dio cuenta de que Carter la había desnudado del todo mientras él permanecía completamente vestido. Eso no era justo, de manera que le desabrochó la camisa y ser la quitó. El pelo de su pechó hizo que le cosquillearan las palmas de las manos.

—Cuando Lily y Lynn me enseñaron tu álbum de fotos, me quedé desolada. No había ni una sola foto mía en él. Me dolió pensar que ya te habías olvidado de mí. Solo me dio esperanzas el hecho de que aún conservaras nuestras fotos privadas.

Carter acarició delicadamente las cimas de los pechos de Phoebe. Ella cerró los ojos y gimió.

Carter apoyó los labios en su cuello.

–Cuando Sawyer y Rick se casaron, yo empecé a sobrar. Era la quinta rueda del carro. Entonces te presentaste en mi casa, me convencí de que había exagerado los recuerdos que conservaba de nosotros y decidí que todo lo que tenía que hacer era acostarme contigo una vez más para sacarte de mi cabeza. Ahí es donde entró en juego la Operación Seducción. Pero me equivoqué. Hacer el amor contigo era aún mejor que antes, y no me bastó con una vez –tomó el rostro de Phoebe por la barbilla–. Nunca me canso de ti –murmuró contra sus labios–. De tus labios, de tu piel, de tu sabor… –mientras hablaba, buscó con los dedos la humedad que rezumaba entre sus piernas y comenzó a acariciarla. El pulso de Phoebe se desbocó y sus piernas temblaron–. ¿Hay una cama en este escondite?

Phoebe lo tomó de la mano y lo condujo a la planta de arriba, sin detenerse hasta que estuvieron a los pies de una gran cama.

Carter se quitó rápidamente los pantalones y los calzones.

–Tengo tus fotos guardadas en un compartimento secreto.

Phoebe aspiró el aroma de la erección de Carter y sus pezones se excitaron al instante.

Como si hubiera leído su mente, Carter unió su cuerpo al de ella de los pies a la cabeza. Un intenso deseo se adueñó de Phoebe, que se aferró a él como si temiera volver a perderlo. Sus lenguas se encontraron y empezaron a acariciarse como si de ello dependiera su vida.

Carter la tumbó en la cama y se colocó sobre ella. Phoebe pensó que no había otro sitio en el mundo en el que hubiera preferido estar. Y cuando Carter la penetró sintió que solo así estaba completa. Se arqueó contra él para recibir sus embestidas y miró a los ojos del hombre al que amaba, mientras su cuerpo comenzaba a estremecerse a causa del orgasmo. Carter también se estremeció y murmuró su nombre una y otra vez, mientras palpitaba cálidamente dentro de ella.

Permanecieron un rato tumbados, jadeantes. Finalmente, Carter se irguió sobre un codo para mirar a Phoebe.

–Te quiero –murmuró con voz ronca–. Quiero casarme contigo y tener hijos, como una vez planeamos. Quiero más que esto –dijo, y señaló a su alrededor.

–Yo también quiero algo más que momentos robados –dijo Phoebe, feliz.

–¿Y tu abuelo?

Phoebe suspiró.

–Me gustaría seguir con él hasta las elecciones, pero comprendería que no quisieras que lo hiciera.

Carter permaneció un momento pensativo.

–Solía pensar que una mujer tenía que ser como mi madre, siempre dispuesta a trasladarse y a hacer lo que fuera por su marido. Pero lo que importa es estar juntos, y si tu quieres seguir con tu abuelo, trasladaré mi empresa a la zona de Washington.

–¿Dejarías a tus amigos Sawyer y Rick?

Carter se encogió de hombros.

–Sólo son cinco horas de trayecto en coche. Podemos mantenernos en contacto por teléfono y a base de correos electrónicos.

–No, Carter, tienes razón. No soy feliz en Washington. Cuando bajemos voy a decirle al abuelo que no puedo seguir siendo su anfitriona y la redactora de sus discursos –Phoebe apoyó una mano en la mejilla de Carter–. Te quiero y te hice daño al no confiar en ti hace doce años. Lo siento.

–Ambos cometimos errores –Carter la besó en la frente–. No puedo prometerte que no vayamos a discutir nunca, pero te prometo que no volveré a dejarte nunca voluntariamente.

–Y yo prometo ser sincera contigo aunque tenga miedo de que no me guste tu reacción. No puedo vivir temiendo decir lo que pienso.

–En ese caso, necesitamos casarnos, cariño, y sé el sitio ideal para hacerlo. Después de decírselo al senador llamaré a Sam.

–Trato hecho.

Cuando regresaron a la casa comprobaron que esta se había transformado en un frenesí de actividad. Mildred corrió hacia Phoebe al verla.

–Menos mal que has vuelto. La conferencia de prensa va a empezar en unos minutos. Tu abuelo ha decidido darla en el porche. Todo está listo. Id hacia allá –dijo a la vez que empujaba a la pareja con suavidad.

Phoebe encontró a su abuelo en el vestíbulo.

—¿Va todo bien, abuelo?

Lancaster miró alternativamente a su nieta y a Carter.

—Eso creo.

Convencida de que su abuelo sabía con exactitud lo que había estado haciendo con Carter en la casita de invitados, Phoebe se ruborizó.

—¿Puedo hablar contigo un momento?

—Tiene cinco minutos —dijo uno de los asistentes del senador.

—Vamos a mi despacho.

Phoebe respiró profundamente y miró a Carter. Esté asintió para darle ánimos. Ella le hizo una seña para que la esperara antes de entrar con su abuelo en el estudio.

—No sé cómo decir esto —dijo tras cerrar la puerta.

—Deja de dar vueltas a las palabras y dime lo que hay en tu corazón.

Phoebe miró a su abuelo al rostro con la esperanza de que comprendiera lo que iba a decirle.

—Te quiero y estoy orgullosa de ser tu nieta, abuelo, pero estoy enamorada de Carter y quiero casarme con él y tener nuestros hijos aquí, en Carolina del Norte.

Lancaster no pareció sorprendido.

—¿Y tu trabajo? ¿Y la campaña?

—Haré lo posible para apoyarla desde aquí, pero no quiero volver a perder a Carter. Tampoco quiero perderte a ti, pero no puedo estar en dos sitios a la vez —Phoebe tuvo que hacer verdaderos esfuerzos para añadir–: Y no quiero ser tu sustituta en el senado. No estoy hecha para dedicarme a la política. Lo siento.

Alguien llamó a la puerta en aquel momento.

–Dos minutos, señor.

–Esta familia ha hecho innumerables sacrificios por mi carrera, Phoebe. Perdí a tu madre porque le hice elegir entre el hombre al que amaba y los planes que yo tenía para ella. Puede que ya sea un viejo, pero espero ser un poco más sabio ahora que antes –Lancaster miró a su nieta cariñosamente, pasó un brazo por sus hombros y la condujo hacia la puerta–. ¿Carter va a hacer de ti una mujer decente o voy a tener que darle una lección en el patio trasero?

Phoebe sintió un inmenso alivio al ver cómo estaba reaccionando su abuelo.

–Vamos a casarnos –dijo, feliz.

–Eso es todo lo que quería saber.

Lancaster abrió la puerta y señaló con un dedo a Carter mientras avanzaba hacia la entrada principal.

–Reúnete con nosotros fuera –dijo un momento antes de situarse ante los micrófonos.

Phoebe ocupó su lugar habitual junto a su abuelo. Nerviosa, tomó a Carter de la mano y lo miró a los ojos.

–¿Va todo bien? –susurró él.

–Eso creo –dijo ella, nerviosa.

–Señoras y señores –comenzó Lancaster–. He servido a mi país durante cuarenta y cinco años y, como muchos de ustedes sabrán, mis votantes me han estado alentando para que presente mi candidatura a la presidencia en las próximas elecciones –tras una meditada pausa, continuó hablando–. Pero creo que ha llegado el momento de dejar paso a los jóvenes.

Phoebe se quedó boquiabierta al escuchar aquello. Las cámaras de la prensa no paraban de zumbar.

–Quiero pasar tiempo con mi familia y asistir a la boda de mi nieta con este caballero, Carter Jones. Y, si Dios quiere, espero poder dedicarme a mimar a unos cuantos nietos –Lancaster esperó a que las sorprendidas risas de los reunidos remitieran–. Y ahora, ¿tienen alguna pregunta que hacerme, o prefieren interrogar a Phoebe sobre los detalles de la boda? Yo estoy bastante ansioso por enterarme de todo.

Mientras los reporteros reían, el senador se apartó del micrófono y abrazó a Phoebe.

–Estoy orgulloso de que hayas tenido el valor de seguir los dictados de tu corazón. Sé feliz, cariño. Sé feliz.

A pesar de la sonrisa que iluminó su rostro, los ojos de Phoebe se llenaron de lágrimas.

–Ya lo soy.

Lancaster palmeó el hombro de Carter.

–Cuida de mi niña, Jones, o tendrás que vértelas conmigo.

–Sí, señor. Me esforzaré al máximo.

Noches apasionadas

KATHIE DeNOSKY

Summer Patterson deseaba un hijo más que nada en el mundo. Lo que no quería era un marido. Por suerte, Ryder McClain, su mejor amigo, podía ser el donante de esperma perfecto. Era leal, innegablemente sexy y el único hombre en el que ella confiaba... y esa era la única razón por la que accedió a concebir a su hijo de un modo natural.

Las noches con Summer ardían de pasión y Ryder empezaba a sentir el calor. Pronto descubrió que se estaba enamorando de ella y de la idea de ser padre, pero ocultaba un secreto que podía destruir para siempre la fe que Summer tenía en él.

¿Para qué están los amigos?

¡YA EN TU PUNTO DE VENTA!

Acepte 2 de nuestras mejores novelas de amor GRATIS

¡Y reciba un regalo sorpresa!

Oferta especial de tiempo limitado

Rellene el cupón y envíelo a
Harlequin Reader Service®
3010 Walden Ave.
P.O. Box 1867
Buffalo, N.Y. 14240-1867

¡Sí! Por favor, envíenme 2 novelas de amor de Harlequin (1 Bianca® y 1 Deseo®) gratis, más el regalo sorpresa. Luego remítanme 4 novelas nuevas todos los meses, las cuales recibiré mucho antes de que aparezcan en librerías, y factúrenme al bajo precio de $3,24 cada una, más $0,25 por envío e impuesto de ventas, si corresponde*. Este es el precio total, y es un ahorro de casi el 20% sobre el precio de portada. ¡Una oferta excelente! Entiendo que el hecho de aceptar estos libros y el regalo no me obliga en forma alguna a la compra de libros adicionales. Y también que puedo devolver cualquier envío y cancelar en cualquier momento. Aún si decido no comprar ningún otro libro de Harlequin, los 2 libros gratis y el regalo sorpresa son míos para siempre.

416 LBN DU7N

Nombre y apellido	(Por favor, letra de molde)
Dirección	Apartamento No.
Ciudad	Estado	Zona postal

Esta oferta se limita a un pedido por hogar y no está disponible para los subscriptores actuales de Deseo® y Bianca®.
*Los términos y precios quedan sujetos a cambios sin aviso previo.
Impuestos de ventas aplican en N.Y.

SPN-03

©2003 Harlequin Enterprises Limited

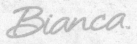

Aquel vergonzoso secreto la obligaba a ocultar sus sentimientos

Michael Finn era un hombre tan admirado en los negocios como en la cama. Los hombres lo envidiaban y las mujeres lo adoraban. Nada escapaba a su control, salvo la exuberante hermana de su secretaria. Lucy Flippence era un espíritu libre y vivaz que ponía continuamente a prueba las dotes seductoras del magnate australiano.

Lucy se sentía fuera de lugar en el mundo financiero de Michael, pero, cuando sucumbió a la atracción, fue como si estuvieran hechos el uno para el otro. Sabía que aquella relación no duraría mucho y que Michael acabaría tachándola de su lista, de modo que se propuso aprovechar el momento...

Su conquista más exquisita

Emma Darcy

Deseo

Melodía de seducción
KATE HARDY

La presentadora Polly Anna Adams llevaba toda la vida intentando forjarse un nombre. Repentinamente abandonada por su prometido, se presentó a un concurso de baile para celebridades y su pareja iba a ser Liam Flynn, un apuesto bailarín profesional.

Liam había aprendido de la manera más dura a mantener el corazón bajo llave, pero el entusiasmo de Polly le estaba haciendo dar algún que otro traspié. A medida que avanzaba el concurso, también crecía la atracción entre ellos. ¿Serían capaces de convencerse de que ese tango tan sensual era solo para las cámaras?

Todo empezó con un baile...